京都くれなゐ荘奇譚(二)

春に呪えば恋は逝く

白川紺子

PHP
文芸文庫

○本表紙デザイン＋ロゴ＝川上成夫

目次

京都くれなゐ荘奇譚㈡——春に呪えば恋は逝く

壺法師

澪《みお》は時折、夢を見る。

黒い陽炎《かげろう》が、揺らめきながら澪に近づいてくる。陽炎はふくらみ、耳障《みみざわ》りな嗤《わら》い声を立てる。子供のころから幾度となく見てはうなされた、邪霊《じゃれい》の夢だ。

『おまえは二十歳《はたち》まで生きられないよ』

呪《のろ》いの言葉が、焦《こ》げ臭《くさ》いにおいとともに頭のなかに満ちる。現実なら澪はすぐさま逃げだしているのに、夢のなかでは足が地面に貼りつき、動けない。

限界になって目が覚《さ》めるのが常だったが、最近、夢にひとりの少年が現れるようになった。

少年が現れるとともに黒い陽炎は霧散《むさん》し、消え去る。一度見たら忘れない、美しい顔をした少年——凪高良《なぎたから》。澪にかけられた呪いの元凶《げんきょう》だ。

夢に現れる高良はいつも、冷たい雨でずぶ濡《ぬ》れになったような顔をしている。

それを見ると、澪は手を差し伸べたくなった。邪霊はもう消えているのに、べつの苦しさが胸を襲《おそ》った。

夢のなかで高良は、澪に語りかける。

——呪いを解きたいなら、ひとつだけ方法がある。

——おまえが、俺《おれ》を、殺すことだ。

「澪ちゃん。今度の日曜、遊びに行かへん？」

帰りのホームルームが終わり、帰り支度《じたく》をしていた澪に、小倉茉奈《おぐらまな》がそう声をかけてきた。茉奈は、澪がこの高校へ転校してきて、はじめてできた友人である。

「ごめん、日曜は親戚のおじさんの仕事を手伝う予定だから」

「おじさんって、あれ？　祈禱師《きとうし》だか霊媒師《れいばいし》だかの」

「うん、まあ、そんなもの」

正確には、『蠱師《まじないし》』である。邪霊を祓《はら》うことを生業《なりわい》としている人々。澪の生家、麻績《おみ》家も蠱師の一族だった。

「春休みは遊べる？」

「うん、大丈夫」

「ほな、花見しよ、花見」

明るく笑う茉奈に澪はうなずいて、教室を出た。早いもので、長野から京都に引っ越してきて半年ほどになる。もうすぐ春休みだ。

校舎を出ると、春先の風が長い黒髪をさらう。冷たくはあるが、真冬のような寒さはない。故郷の麻績村より春の訪《おとず》れはずっと早く、そのせいか、澪の気持ちもいくらか浮わついている。冬が嫌《きら》いなわけではないのに、春が来ると心まで明るく、あたたかくなるような気がするのはなぜだろう。

だが、澪の軽い足どりはバスに乗り込もうとしたところでとまった。なにかが足をつかんでいる。視線を落とすと、車体の下から黒い陽炎が伸びて、澪の足首にまとわりついていた。それは見る間に青白い筋張《すじば》った手に変わり、指が足首に食い込む。痩《や》せて女とも男ともわからない顔が車体の下からのぞいて、血走った目が澪をとらえた。ぽっかりと口が開いたが、なかは真っ黒な洞《うろ》のようだった。

「雪丸《ゆきまる》」

澪は小さくつぶやく。どこからともなく小さな白い狼《おおかみ》が現れ、ひと声吠《ほ》えた。それだけで、邪霊は雲散霧消《うんさんむしょう》した。澪はステップを駆けあがり、バスに乗り込む。車内はぎゅうぎゅう詰めというほどではないがそこそこ混んでいて、澪はすぐ近くの手すりをつかんだ。

日々多くの人間を乗せるバスや電車には、いろんなものがまとわりついている。ただでさえ邪霊を引き寄せやすい体質の澪は、密室でそれらに遭遇《そうぐう》するとまいってしまうが、いまは雪丸がいてくれるので心強い。

雪丸は、澪の職神《しきがみ》だ。正確には、神使いだそうだが。職神は、蠱師が邪霊を祓うために必要な、大事な相棒だ。

死霊《しりよう》、呪詛《じゆそ》、怨嗟《えんさ》、悪い気のたまり場——そうした禍々《まがまが》しいものを、蠱師はまとめて邪霊と呼ぶ。

邪霊たちは澪につきまとい、呪いの言葉を吐《は》き、澪を弱らせる。小さなころから、澪はよく熱を出し、寝込んでいた。二十歳まで生きられない、というのは決まった運命だった。

だが、その呪いを打破するために、澪は長野から京都にやってきたのだ。死ぬのはいやだった。死ぬまでの月日を指折り数えて、ただ怯《おび》えているのもいやだった。

だから澪は京都にやってきた。鍵《かぎ》となる存在、凪高良がいる京都に。

バスを降りた澪は、ゆるやかな坂道を登ってゆく。行く手には山が見える。澪の下宿先はこの一乗寺《いちじようじ》のなかでも山にごく近く、閑静《かんせい》で緑も多いが、坂道には閉口《へいこう》した。体力のない澪には、ちょうどいい運動かもしれないが。

細い路地に入ると、古い板塀《いたべい》の上から赤い椿《つばき》の花がのぞいている。先に進むと寺の山門のような大きな門が現れて、古ぼけた看板に《くれなゐ荘》と墨《すみ》で書かれているのがわかる。澪の下宿先だ。

くれなゐ荘は、その名前のとおり、赤い。なにも建物が赤いわけではなく、四季折々に赤い花をつけ、紅葉し、赤い実をつける草木がそここに植えられているのである。いまは椿が花の盛りで、鮮《あざ》やかな赤から深紅《しんく》、暗紅色《あんこうしょく》まで、さまざまな赤い花を咲かせている。

「ただいま」と声をかけて玄関を入ると、奥の台所のほうから「おかえり」と返ってくる。玉青《たまお》の声だ。くれなゐ荘は、この忌部《いんべ》玉青と夫の朝次郎《あさじろう》によって営《いとな》まれている。

台所をのぞくと、濃藍《こいあい》の紬《つむぎ》の上に割烹着《かっぽうぎ》をつけた玉青が忙しそうに夕食の支度をしていたので、澪は話しかけずに廊下を進んだ。忙しいときの玉青に話しかけると、けっこう怖《こわ》い。

居間では八尋《やひろ》が座布団《ざぶとん》を枕にして寝転《ねころ》び、本を読んでいた。やたらと縦《たて》に長い彼が座敷に寝転んでいると、はっきり言って邪魔だ。玉青にもよくそう怒られている。彼、麻生田《おうだ》八尋も下宿人で、蠱師だった。

くれなゐ荘は、蠱師の下宿屋だ。玉青、朝次郎夫妻の忌部家、八尋の麻生田家はともに蠱師の家系で、麻績家の親戚筋にあたる。忌部は京都、麻生田は三重《みえ》、麻績は長野をそれぞれ本拠にしている。

「おかえり。澪ちゃん、春休みはまだなんやったっけ？」

「まだですよ。前にも言ったじゃないですか」

「そやったっけ」

八尋は頭をかきながら起きあがった。あたたかそうなモヘアのセーターを着込み、下はコーデュロイのパンツだが、色合いは淡《あわ》いベージュと白で春めいている。

「今度、僕《ぼく》の仕事を手伝うて言うとったんは、大丈夫なん？」

「日曜日なので大丈夫です」

「あ、そっか。日曜か」

澪が茉奈に言った『親戚のおじさん』というのは、八尋のことだった。

「麻生田さんこそ、大丈夫ですか？　日にち間違えてたりしませんよね？」

「間違えてへんて。曜日感覚がいまいちないねん、蠱師は土日休みとちゃうから」

寝癖《ねぐせ》をつけた八尋はへらりと笑う。澪は不安しか感じない。

「スケジュール帳、ちゃんとつけてますか？　その都度《つど》カレンダーに書き込んだほうがいいんじゃないですか」

「細かいなあ。そや、澪ちゃんがスケジュール管理してくれたらええんとちゃう？　弟子《でし》なんやから」

「べつにいいですけど……」

澪は八尋に弟子入りしている。澪が頼み込んだのだ。

「わたしが管理しても結局、麻生田さんが忘れちゃったら意味ないので、しっかりしてくださいね」

「そういう口うるさいとこ、漣《れん》くんに似てきたな」

澪の眉間《みけん》に皺《しわ》がよる。漣は澪の従兄《いとこ》だ。

「似てません」

八尋は笑う。

「家族て、似たくないとこほど似るもんやで」

「……」

漣は、わけあって戸籍上は従兄だが、実際には兄だ。漣ならこんなとき、生家と折り合いが悪いらしい八尋に、『じゃあ八尋さんも家族に似たくないところが似てるんですか』とでも返しているだろう。

「漣くん、大学受かったんやろ？　そろそろこっちに引っ越してくるん？」

「いま準備中だそうです。来週くらいに来るんじゃないですか」

「ここもにぎやかになるなあ」

「口うるさい要員がひとり増えますよ」

八尋は笑い声をあげてふたたび寝転んだ。目を閉じてひと眠りする態勢に入ったので、澪はあわてて聞きそびれていたことを尋《たず》ねた。

「麻生田さん、日曜にうかがうお宅の依頼内容って、なんですか？」

「お祓いや」

「それはそうでしょうけど」

詳細が聞きたいのだ。

八尋は目を開けた。

「『しゃもじさま』を祓ってほしいんやと」

「しゃもじさま？」

澪の脳裏《のうり》に浮かんだのは、ご飯をよそうときに使う、あのしゃもじだった。

あのしゃもじではなかった。目の前にあるのは、壺《つぼ》である。甕《かめ》といったほうがいいのか、大きめの、梅干しを漬《つ》けるときに使われそうな、飴色《あめいろ》の壺だった。

「いつごろからあるのかは、わかりません。昔、うちの先祖が門付《かどづ》けを助けたお礼にもらったとかで、黒柿《くろがき》家を守ってくれる神さまなんやと、生前、父は毎日拝んでました」

ぼそぼそとした声でそう説明するのは、この家の主《あるじ》である黒柿成一《せいいち》だ。五十二歳だというが、疲れが顔に出ているせいか、六十歳くらいに見える。八尋の恩師の知人だそうで、その伝手《つて》で依頼してきたそうだ。

日曜になって、澪は八尋とともに朝から衣笠《きぬがさ》にある依頼主の家に来ていた。衣笠は京都の北西、衣笠山の山麓《さんろく》にある。衣笠山は古くから名勝の地で、天皇陵のある葬送の地でもあった。この地域には金閣寺《きんかくじ》や龍安寺《りようあんじ》などの古刹《こさつ》も多く、私立大学のキャンパスもある。そんななかで黒柿家の屋敷は、昔ながらの住宅地にひっそりと佇《たたず》んでいた。昭和初期に建てられたというこの屋敷は、こぢんまりとしているが和洋折衷《せっちゅう》のしゃれた邸宅で、しかし雰囲気は妙に暗かった。陽当《ひあ》たりが悪いわけでもないのに、薄暮《はくぼ》に沈んでいるように見える。

暗さは屋敷の奥に進むにつれて顕著《けんちょ》になり、通された座敷の床《とこ》の間が最もひどかった。その床の間に据《す》えられているのが、『しゃもじさま』という壺だったのである。

澪は成一の説明を聞きながらも、壺から目を離せなかった。

壺のうしろにできた影が、濃い。かすかに焼け焦げたようなにおいがする。邪霊が現れるときのような。

「曽祖父《そうそふ》くらいの代までは、木綿《もめん》やら生糸《きいと》やら手広く商売をやって調子がよかったようなんですが、そのあとは悪くなるいっぽうやったそうで……この家も、昔はもっと敷地が広くて、ほかにも屋敷が建ってたのを、商売が傾くたびに売り払って、いま残ってるのがここだけというわけです。父は傾いた家運のどん詰まりというか、とにかく根気のないひとで、でも欲はひと一倍あって——」

日夜しゃもじさまを拝んでは目新しい商売に手をつけ、すぐに飽《あ》きて放りだし、またつぎの商売をはじめるという具合で、大きく儲《もう》けることもあったが、じりじりと金を食い潰《つぶ》していったという。

「半年ほど前に父が施設で死んだときには、財産らしい財産はまるきり残ってませんでした。この家も早々に売り払わないといけないんです」

成一の母は父に愛想《あいそ》を尽かして家を出て行方《ゆくえ》知れず、成一も高校のときから寮暮らしで、大学卒業後は東京の会社に就職し、結婚後もこの家には寄りつかなかったそうだ。

「でも……」

成一の視線は床の間のほうに向きかけ、あわててもとに戻る。

「『しゃもじさま』のことがあって、売りかねていると」

八尋が代弁する。成一は唾《つば》を飲み込み、うなずいた。

「実際のところ……母も私も、父に愛想を尽かしてこの家を離れたというよりは、気味《きみ》が悪くて逃げたというのが、ほんまのとこです」

澪は、壺の影に目を凝《こ》らす。その影が、いまにも動きだし、陽炎となってこちらに襲いかかってくるのではないかと、警戒していた。だが、影は不気味《ぶきみ》に濃いだけで、静かだ。

「父は、商売に手を出せば大なり小なり、儲けてました。気味が悪かったのは、商売でなにかうまくいったあとは、決まって家族の誰かが怪我《けが》をしたり、病気になったりしたことです。車にはねられて骨折するとか、胃潰瘍《いかいよう》になるとか。小さな怪我もあれば、大きな事故もありました。決定的だったのは、妹のことです」

「妹さんがおるんですか」

「死にました」

簡潔な言葉に、八尋も澪も息を呑《の》んだ。

「株をうまいこと売り抜けて、かなりの儲けを出したことがあったんです。そのあと……当時小学生だった妹が、学校のプールで溺死《できし》して」

冬だったのに、と成一は声をしぼりだす。

「母が家を出たのはそのあとです。壺を処分してくれと言って、父と大喧嘩《おおげんか》して。私も怖くなって高校は寮のあるところにして、それきり帰省もしませんでした」

「あなたもお母さんも、あの壺のせいやと考えていたと。根拠はありますか？」

「昔は――」と、成一は壺に焦点を合わせないようにして、ぼんやり床の間のほうを見た。「あの床の間、祭壇みたいにしてあったんですよ。木の台に白い布かけて、壺を置いて、御幣《ごへい》ていうんですか？　神社で神主《かんぬし》さんが振る、ひらひらした紙のやつがあるやないですか。あれを山ほど垂《た》らして。なんやようわからんお札《ふだ》もいっぱい積んであって。その前で、朝早《はよ》うから額《ぬか》ずいて拝むんです。畳《たたみ》に額《ひたい》こすりつけて、なにとぞ儲けさせてくださいて。気味が悪うて、悪うて……」

成一は吐き気を催《もよお》したように顔をしかめる。

「それ以外の根拠はありませんけど」

そうですか、とだけ言って、八尋は頭をかいた。

「話を聞くかぎり、儲けさせてくれる代わりに、家族が災難に遭《あ》う、てことですかね」

澪は壺を見やり、眉をひそめた。いやな気持ちになったのは、壺を気味悪がって成一のことではない。家族が災難に遭うと知りながら、儲けさせてくれと額ずく、成一の父親に嫌悪感《けんおかん》を覚えたのだ。

「それ、お父さんは平気やったんですか？　怪我とか病気とか」

「ぴんぴんしてましたよ、私がこの家にいたころは。晩年は酒でずいぶん体を壊《こわ》してたそうですけど」

知ったことではない、というふうに成一は言った。

「お祖父《じい》さんの代とか、どうやったんでしょうね。先祖代々、大事にしてきたていうんやったら、もしかして昔から……」

「私が物心つく前に祖父も祖母も亡くなってたので、直接は知らんのですけど。位《い》牌《はい》やらお墓やら見たらどうしたってわかりますよね、誰がどれだけ、何歳で死んでるのか」

床の間の横には、大きな仏壇がある。扉は閉じられていて、位牌がどれくらいあるのかはわからない。成一の目はそちらに向けられた。

「子供がよう亡くなってます」

「まあ、昔は――」

「成人した子供もです」

「……」

「江戸時代後期からしか、記録は残ってないんですけど。江戸時代って、京都で大きな火事が二回くらいあったんですってね。それで焼けてしもたらしくて」

「宝永《ほうえい》と天明《てんめい》の大火ですかね。天明の大火のときは、京都の八割以上が焼けたそうですから」

八尋はこういうことに詳《くわ》しい。八割ってほぼぜんぶでは……と、澪は驚いた。

「ほな、黒柿家の初代は、すくなくともそれ以前に遡《さかのぼ》るってことになりますね」

「はあ。鎌倉時代からつづいてる家やて父は自慢してましたが、眉唾《まゆつば》です。ずっとおなじ商売をやってきたわけとちゃうせいか、由緒《ゆいしょ》とか来歴とか、なんにもわかりませんし」

ううん、と八尋は小さくうなって、床の間をちらりと見やる。

「あれは、江戸時代どころの代物《しろもの》やないのはたしかやな」とつぶやき、立ちあがる。壺のそばまでは寄らずに、手前に座った。ラフな格好《かっこう》の多い彼だが、今日は仕事だからか、若葉色のシャツの上に生成《きな》りのジャケットを羽織《はお》っている。澪は動きやすさ優先で、タートルネックの黒いニットにチノパンを合わせていた。髪もうしろでひとつに結んでいる。

八尋はなにやらぶつぶつ言いながら、ふり向きもせず澪を手招きした。

「え、なんですか」

「ちょっと来てみ」

――いやだ。

と、瞬間思った。あの壺には近づきたくない。そんな感じがする。

――なんて言ってられない。

もっと力をつけなくてはならないのだ。祓う力を。怖がっているわけにはいかない。

澪は腰をあげて、そろそろと八尋のそばに腰をおろした。八尋は成一に澪を助手だと紹介していたが、蠱師という特殊な仕事ゆえか、それとも壺のことで頭がいっぱいなのか、別段けげんそうな顔もされなかった。

床の間は、きっといい木材を使っているのだろうが、埃《ほこり》ですすけたようになっていた。いや、そう見えるのは、この一角を覆《おお》う暗い影のせいか。真ん中に据えられた壺は釉薬《ゆうやく》で飴色を帯び、暗いなかでそこだけ薄ぼんやりと浮かびあがっている。

背後の影がいっそう濃くなった。襲ってくるか、と澪は身構えたが、影は動かない。じっと目を凝らす。なんだろう。なぜ動かないのだろう。澪は畳に手をついて身をのりだした。壺のうしろをのぞき込む。どうしてこんなに影が濃いのか――。

澪は、思わずひゅっと息を吸い込んだ。

裸足《はだし》が見えた。骨と皮だけの足に、黄色く変色した伸びた爪《つめ》、指は縮こまっている。おそらく男の足だ。黒い衣《ころも》をまとっている。僧侶が着るような法衣《ほうえ》に思えた。男はうしろから壺を抱《かか》え込むようにして、しがみついていた。頭を向こう側に傾けているので、顔はよく見えない。枯れ枝のような指が、壺をがっちりとつかんでいる。その爪も足同様長く伸び、ところどころ割れていた。しっかり見ているわけでもないのに、そんな細かいことまで明瞭《めいりょう》にわかった。

——影が濃いのは、このせいだ。

壺の影に、この男の影が重なっている。

ぐい、と腕を引っ張られて、澪は壺から離された。引っ張ったのは八尋だ。

「お、麻生田さ——」

八尋は軽くうなずいただけで、なにも言わなかった。この場では口にしないほうがいいのだろう、と澪は思い、黙る。

八尋は成一に向き直った。

「来歴のわからんものをやたらに祓うわけにもいきませんので、ひとまず帰ります」

「えっ——」

成一は絶望的な顔をした。八尋は安心させるように手をふる。

「ほんで、調べます。わからんまま下手《へた》に手を出して、かえって事態が悪化したらあきませんから。黒柿さんも、壺や家のことでなにか思い出したことがあったら、また教えてください」

「はあ……でも……」成一は青ざめた顔でうなだれる。

「話を聞くかぎりでは、代償として家族の不幸があるなら、願い事でもせんかぎり、障りはないでしょう」

「そうですか……」不安げな成一の顔色は青いままだ。視線が泳いでいる。「妻と娘がいるんです。なにかあったらと不安で」

「できるかぎり早く対処できるように、努力します」

八尋の口調は慎重《しんちょう》だった。黒柿家の門を出てから、八尋はげんなりした様子で
「いややなあ」とぼやいた。

「お坊さんがいましたよね」

澪は自然と声をひそめていた。さきほど見たあれに聞かれそうな気がしたからだ。

「あれはいややなあ。いやな感じや。呪詛のたぐいやとは思うんやけど……」

「はっきりしないんですか？」

「あの邪霊が呪詛の大本なんか、呪詛によって引き寄せられただけの邪霊なんか、その辺がようわからん」

「はあ……」

「前者やったらあれを祓ったらええだけやけど、後者やったら邪霊を祓っただけでは呪詛はなくならんし、こっちに返ってくる。最悪死ぬ」

澪は沈黙する。呪詛を祓うというのは、それだけ難しいのだ。

「蠱師が慎重になる所以《ゆえん》や」と八尋は頭をかく。

「壺のなかは見た？」

いいえ、と澪は首をふる。「見たんですか」

「見た」

八尋は片手で口もとを覆った。

「人間がぎっしり詰まっとった」

澪は顔をしかめた。

「いやな感じやと思うんは、壺のことだけやない。鎌倉時代からつづくらしい旧家やで。いくら戦乱やら大火やらあった言うても、それらしい由緒くらい伝わってるもんや。それがなんもわからへんていうのが、どうもなあ」

八尋は屋敷をふり返る。

「とりあえず、黒柿家の菩提寺《ぼだいじ》に行ってみて、話聞いてみよかな。澪ちゃんはどうする？」

「もちろん、行きます」

「体調は大丈夫なん？」

「はい」澪は力いっぱいうなずく。邪霊に襲われよく体調を崩《くず》す澪だが、さっきは襲われなかった。あの邪霊は、まるきり澪に関心がないようにも思えた。

「それやったらええけど。なんかあったら、また玉青さんに叱《しか》られるからな」

八尋は玉青に頭があがらない。八尋のみならず、夫の朝次郎だって、澪だってそうだが。

「ほな行こか」

歩きだした八尋につづこうとした澪は、つと足をとめる。ふり仰《あお》いだ民家の屋根に、一羽の烏《からす》がとまっていた。

――あれって……。

澪が見つめていると、烏は羽を広げて、どこかへと飛び去っていった。

黒柿家の菩提寺は近所にあった。寺は倅《せがれ》にほとんど任せてなかば隠居していると
いう住職は、住居のほうの縁側で八尋と澪を迎え入れたものの、口は重かった。

「黒柿さんとこはな、うん、うちもそこまで深いつきあいがあるわけとちゃうさか
いにな」

春先のあたたかな陽を浴びながら、作務衣《さむえ》姿の住職は言う。眠たげに目をしょぼ
つかせている。

「でも、檀家《だんか》さんなんやから、なんも知らんわけとはちゃうでしょう」

八尋は昔からの知り合いのように住職の隣に腰をおろし、足を崩している。

「成一さんの話では、子供がよく亡くなってる、てことでしたけど」

住職は黙り込む。

「あの壺のことはご存じですか？」

「……仏壇のそばに仰々《ぎようぎよう》しい祀《まつ》ってあるさかい、そらまあ、お経《きよう》あげるときにい
やでも目に入るわ」

ため息をついて、住職は口を開いた。

「黒柿さんとこは、あの壺を崇《あが》めてたさかいに、うちとも形だけのつきあいやった

んや。いくら壺を拝んでも、墓は必要やさかいな。庭に土饅頭《どまんじゆう》を作るわけにもいかんやろし」

「ひとがようけ死ぬから？」

住職は眠たげな目で庭の松を眺《なが》める。立派な枝振りの松だった。

「せやから、ぎょうさん子を作るんや」

「え？」

「……て、言うてはったことがある。昇一《しよういち》さんが。昇一さんて、成一くんのお父さんやけど」

――いやな話だ。

と、ふたりの会話を黙って聞きながら、澪は思った。

「あの壺がどういう経緯で黒柿家にあるのかは、聞いてますか？」

「そら、昇一さんに、棚経《たなぎよう》やら法要やらであの家行くたび聞かされてたさかい、知ってるわ。旅の途中で倒れた門付けを、手厚く介抱《かいほう》してやったお礼にもろたんやろ」

「そういう話なら聞いてますけど、どこまでほんとなんですかね、それ」

「さあ。すくなくとも昇一さんは信じてはったで。先祖がええことしたおかげや、て大威張《おおいば》りで」

澪はすこし首をかしげ、つぶやいた。「大きいですよね」

「え？」と、八尋と住職がそろってふり返る。

「いえ、大きくないですか、あの壺。お礼に渡したってことは、持ち歩いてたんですよね。うまく想像できなくて」

八尋は腕を組み、考え込む。

「そう言うたら、そやな」

「昔話なんて、そんなもんやろ」と、住職は気にしたふうがなかった。

「あの家にお経をあげに行くとな、どっと疲れるんやわ。仏壇の横にあの壺があるさかい、お経をあげてるあいだじゅう、重苦しい感じがしてな。成一くん、あの壺を処分する決心がついたんやったら、よかったわ。忌明《きあ》けの法要のあとでそれとなく言うてみたときには、決めかねてるみたいやったけど」

「そうなんですか？」

「まあ、なんだかんだ言うて父親の形見《かたみ》やしな」

そんなものだろうか、と澪は思う。成一は、父親を心底嫌っているようだったが。

住職はこれ以上のことは知らないと言うので、八尋と澪は帰ることにした。住職は山門までふたりを見送りに出てくれて、「昔は蠱師ももっといたんやけどなあ」と懐《なつ》かしむように言った。

「たしか、祖父の代まではなにかとつきあいがあったんやで、蠱師と。忌部さんていうたかな」

「ああ」

八尋はうなずく。京都の蠱師は忌部氏が中心だったという。いまは斜陽だそうだが。玉青と朝次郎も忌部氏の一員である。

「あの壺が祓えたら、教えてや。気になるし」

了解して、八尋と澪は寺をあとにした。

黒柿家の近くにあるコインパーキングに八尋の車をとめていたので、そちらまで歩きながら、澪は周囲を見あげた。民家の建ち並ぶこの辺《あた》りは人通りもすくなく、静かだ。ときおり鳩《はと》や雀《すずめ》の鳴き声が響き、風が吹き抜ける。空は晴れているが、靄《もや》がかかったように薄ぼんやりとした水色をしている。見渡してもあの鳥の姿はない。

「下見とらんと、転ぶで」

そう言う八尋は腕を組み、考え事をしながら歩いている様子だった。

「困っとる旅人を助けて恩返しに福を授かるっちゅう話はよくあるけど……」

「そうなんですか」

「助けた旅人が実は神さまでした、みたいな話とか、そういう来訪神のパターン。そやから作り話めいてるちゅうか、嘘《うそ》がありそうに思うんやけど」

「嘘だと、どうなるんです？」

「うーん」

ふいに耳元で鳥の羽ばたきが聞こえた気がして、澪ははっと足をとめた。

「どうしたん？　さっきから落ち着かへんけど」

「あの、わたしちょっと用事があるので、ここで別れてもいいですか？」

「いや、あかんあかん。澪ちゃんをひとりで放りだしたら、僕が玉青さんに怒られるやん」

澪が京都に来てしばらくは、ひとりで出歩くたび怪我をしていたので、玉青から出かけるときは保護者同伴を言いつけられているのである。

「じゃあ、呼んでもいいですか？」

「呼ぶ？　なにを？」

「なにをというか」

澪はうしろをふり返った。

「千年蠱《せんねんこ》を」

路地の角《かど》から、ひとりの少年が現れた。すらりとした長身の、制服姿の少年だ。一度見たら忘れないだろう、浮世《うきよ》離れした美しい顔をしている。凪高良だ。漆黒《しっこく》の髪はつややかで、まなざしは冷たく、憂《うれ》いを帯びている。彼はいつでも、凍《い》てついた冬の星のようだ。

「うえっ」と変な声をあげて八尋があとずさる。ふだんのほほんとしている八尋の表情に、ぴりっとした緊張が走った。千年蠱、とうめくように八尋はつぶやく。

凪高良は、蠱師だ。澪よりひとつ上の高校二年生だが、その正体は、はるか古代の中国で呪詛によって生みだされた蠱物《まじもの》『千年蠱』で、何度も生まれ変わりをくり返している。災厄《さいやく》をもたらすという千年蠱は蠱師たちにとって天敵だが、倒したところで生まれ変わるだけなので、いま現在は警戒するにとどまっているという。

高良は前方に手を伸ばした。その腕に一羽の烏がとまる。澪がさきほど目撃した烏だ。

「ごくろう」

高良がそう告げると、烏の姿はかき消えた。あれは彼の職神だ。以前、高良は澪を職神の烏に見張らせていると言っていた。だから澪はあの烏を見つけたとき、きっと彼の職神だろうと思ったのだ。

「近くにいると思ってた」

澪がそう言うと、高良はじろりとにらんだ。

「呼べばいつも来ると思うなよ」

「でも、来てくれたじゃない」

高良は憮然《ぶぜん》とする。彼は澪の身を案じて鳥に見張らせるし、なにかあれば駆けつけずにいられない。澪が心配だから、かというとすこし違う。澪が、かつて千年蠱の愛した女性の生まれ変わりだから、というのが正解だ。

その女性は、遠く白鳳《はくほう》時代に生きたひとで、麻績一族の先祖だという麻績王《おみのおおきみ》の娘だった。多気女王《たきのおおきみ》といったそうだ。この多気女王もまた、生まれ変わりをくり返している。これは千年蠱がかけた呪いだ。策略にはまり、多気女王が己《おのれ》を裏切ったと思った千年蠱がかけた呪い――何度生まれ変わっても、二十歳になる前に邪霊に食われて死ぬ、という。

――呪いを解きたいなら、ひとつだけ方法がある。

高良はそう教えてくれた。

――おまえが、俺を、殺すことだ。

千年蠱を祓い、滅《めっ》すること。それだけが呪いを解く方法だという。高良もまた、呪いから解き放たれたがっている。永遠に終わることのない輪のような呪いを断ち切ろうと、澪は決めた。だからもっと力をつけなくてはならない。千年蠱を祓えるくらいの力を。

きっと、あの壺の呪詛くらい、難なく祓えないといけないのだ。

「知ってたら教えてほしいの」

と、澪は切り出した。

「黒柿さんてお宅にある呪いの壺。拝めば儲けさせてくれるけど、代償として家族が不幸な目に遭うの。この壺のこと、なにか知ってる?」

千年蠱は何度も生まれ変わっているが、だいたい京都に拠点を置くという。邪霊が集まりやすい盆地で、歴史の堆積《たいせき》した土地柄《がら》だからだ。千年蠱は邪霊を糧《かて》にする。ゆえに、京都を好む。

そういう彼だから、壺のことも見聞きしたことがあるかもしれない、と澪は思ったのだ。澪自身に生前の記憶などひとつもないが、高良はすべて覚えているらしい。

「知らん。俺がなんでも知ってると思うな」

迷惑そうに高良は言った。彼は澪を助けてくれるときでも、いつも迷惑そうで、うっとうしそうだった。

「なんでも知ってるとは思わないけど……呪詛のことなら知ってるかと思って」

「知らん」と高良はくり返した。「昔は呪詛なんてその辺にいくらでも転がってた」

さすがにそれは誇張《こちょう》だろう、と思ったが、高良の言う『昔』がいつごろなのかわからないだけに、ほんとうなのかもしれない。

「お坊さんの邪霊が取り憑《つ》いてる壺なんだけど」

「坊主《ぼうず》？　宗派は？」

「わかんないよ、そんなの」

澪は八尋のほうを見る。八尋は高良をいくらか警戒した様子ながらも、「袈裟《けさ》も着けてへんかったしな」といつもの調子で言った。

「じゃあ、坊主かどうかなんてわからないだろう。坊主もどきや巫女《みこ》もどきが昔は町なかをうろうろしてたぞ」

「その『昔』っていつのこと？　平安時代？」

高良は澪を小馬鹿《こばか》にするように鼻で笑った。

「おまえはものを知らないな。見かけなくなったのはつい最近のことだぞ」

「嘘ばっかり」

「いや、嘘てわけでもないで」と言ったのは八尋だ。

「全国をさすらう民間宗教者ていうのは、戦後までぼちぼちおったし、いまもどこかにはおるんやろう。願人《がんにん》坊主とか熊野比丘尼《くまのびくに》とか淡島《あわしま》願人とか——ああ」

八尋はぽんと手を打った。

「そうか、願人坊主か」

「なんですか、それ」

「すたすた坊主とかちょんがれ坊主とか、名称も種類もいろいろあるんやけど、ようは物乞《ものご》いの一種や。坊主の格好して門付けして、祭文《さいもん》を唱《とな》えたり、お札売ったり、芸を見せたりする。歌舞伎《かぶき》とかにも出てくるで」

「門付け……」

「な? 黒柿家に伝わっとる話やと、あの壺は助けた門付けにもろた。その門付けが、あの坊主姿の邪霊とちゃうかな」

「でも」と澪は首をかしげる。「それだと、ちょっとおかしくないですか。助けてもらったお礼にあげた壺に、どうして取り憑くんですか?」

「そやから、さっき僕が言うたやん。この話は作り話めいてる、嘘がありそうやて」

「嘘というと、どの辺が?」

「おれにもろたんと違《ちご》て、奪ったんとちゃうかな。助けたんやのうて、殺した」

突然、物騒《ぶっそう》な話になった。

「この手の話もよくあるんやで。旅の坊さんがお金をたくさん持ってるから、殺して奪うとか、それで祟《たた》られるとか」

「……じゃあ、そっちの話も作り話っぽいってことになりません？」

八尋の口が開いたまま、動きをとめる。八尋は頭をかいた。

「うーん、そうか。でも、どっちかて言うたら――」

「あ、待って！」

これは八尋に言ったのではない。高良が黙って立ち去ろうとしたので、澪はあわてて呼びとめたのだ。

高良がふり返る。

「ありがとう！」

来てくれたことにか、ヒントをもらったことにかわからないが、とにかく澪は彼にお礼が言いたかった。

高良はつまらなそうな顔で、

「俺を祓うんだろ。死ぬ気でやれよ」

とだけ言った。

「……前は、邪霊にかかわろうとすると心配して飛んできたくせに……」

邪霊に襲われるとどこからともなく現れて助けてくれて、呪詛を祓おうとすると引き留めてきた。それが、いまは『死ぬ気でやれ』と言う。彼の心持ちも変わったらしい。

「とめても無駄だとわかったからだ。俺は無駄なことはしない」

そう言って、高良はすこし笑った。

以前よりも、彼のまとう陰鬱《いんうつ》な雰囲気が薄らいだ気がして、澪はその顔を見つめた。高良はすぐに笑《え》みを引っ込めて、背を向ける。そのまま路地の角を曲がり、去っていった。

「思てたより、人間くさいんやな」

高良のいなくなったほうを眺めながら、八尋がぽつりと言った。

「もっと人間離れした感じかと思とった。顔だけは浮世離れしてきれいやけど。ふつうの高校生に見よと思たら見えるわ。——あれ、和邇《わに》学園の制服やったな」

「え？　なに学園？」

高良が着ている制服は、水色のシャツにダークブラウンのスラックス、ネイビーのカーディガンという、一風変わったものだ。

「和邇。上高野《かみたかの》にある中高一貫校。大津にある学校法人の系列」

「上高野って言うと……」

「修学院《しゅうがくいん》のさらに北や」

修学院はくれなゐ荘のある一乗寺の北にある。そのさらに北だから、市内のなかでもかなり北ということだ。市の中心部からはだいぶ離れている。

「八瀬《やせ》に向かう途中にありますよね」

「そうそう」

八瀬は、高良の家があるところだ。人里離れた山中にある。

「和邇氏はな、昔からずっと、千年蟲の支援者やから」

「支援者？　そんなのいるんですか」

「そら、おるよ。千年蟲かて、ひとの世に生まれたかぎりは、ひとりの力では生きてかれへんもんやで」

そういうものなのか、と思う。

「『昔からずっと』って、いつから？」

「そやから、ずっとや。白鳳期、天武《てんむ》朝のころから」

「えっ……」

「和邇氏ていうたら、古代の有力豪族やったんやで。やっぱり、いまだに千年蠱に絡《から》んどるんやなあ。話には聞いとったけど。澪ちゃん、千年蠱を祓うて言うとったけど、和邇が絡むとややこしなると思うで」

「ややこしい、って……」

なんなんだ、と思いつつ、澪も高良が去っていった路地の角を眺める。路傍《ろぼう》に落ちる影にはまだ冬の寒々しさがあり、日なたには春のやわらかさがあった。

日曜の学校には、部活動に精を出す生徒たちのかけ声が響いている。和邇学園は文武《ぶんぶ》両道が理念のひとつであり、部活動が盛んだった。この日、学校に来ていた生徒のうち、裏門近くを通った者がいたら、見慣れぬ高級車が入ってくるのを見ただろうし、その車から目の覚めるような美しい少年がおりるのを目撃しただろう。凪高良である。そのうしろには、つややかな栗色《くりいろ》の髪をした、二十代半ばの黒いスーツ姿の青年が付き従っている。

「青海《あおみ》」

高良は前を向いたまま、うしろの青年に呼びかける。

「はい、なんでしょう」

「知りたいことがある」

青海は色素の薄い目にけげんそうな色を浮かべたものの、「なにをでしょうか」と返した。

「衣笠の黒柿という家について」

「黒柿……ですか」

「和邇の人脈があれば、氏素性《うじすじょう》を調べるくらいたやすいだろう」

「すぐにでも」

青海はスーツの胸元から携帯電話をとりだすと、すばやく操作した。彼は和邇一族のひとりで、高良の世話役として付き従っている。高良としては正直わずらわしいが、目端《めはし》の利《き》く青年で、仕事が早いのでよく役に立つ。無駄口をたたかないのもよかった。

ふたりは校舎の脇《わき》を過ぎ、学園の敷地を奥に進む。生《い》け垣《がき》で囲った、生徒や教師がふだん立ち入れない一角があり、青海が門の鍵を開けて、高良を通す。この一角には、明治時代の建物が移築されている。和邇家の屋敷だったもので、片隅《かたすみ》に茶室があった。青海が高良をそちらへと案内する。

「すでに叔父《おじ》が依頼人をつれて、なかで待っておりますので」

「ああ」

青海の叔父というのは、和邇学園の理事長である。それが高良の支援者だった。八瀬の屋敷を用意し、生活の基盤を整え、蠱の依頼人を仲介する。依頼人はいずれも政財界の有力者ばかりで、仲介することで和邇はいっそう彼らと結びつきを強くするのである。いつの時代も、と高良は思う。

――いつの時代も、和邇のやることは、変わらない。

そして、高良の――千年蠱のやることも。

このくり返しに高良はとうに飽いている。倦《う》んで、腐《くさ》り落ちそうだ。いっそ腐って消えてしまえばいいのに、と願う。願うことすら、もう飽きた。

高良の脳裏に、ひとりの少女の姿がよぎる。呪いを断ち切りたいと、高良を祓う力をつけるとまくしたてた澪の必死の形相《ぎょうそう》を思い出すと、高良はほんのすこしだけ、胸に沈んだ錘《おもり》が浮きあがる気がした。

ほんのすこしだけ。

それが救いになってしまうのが高良には恐ろしく、苦しかった。生まれ変わるたび、何度も、何度も、おなじほのかな救いを感じては、すべて失ってきたからだった。

だが、それでも高良は、淡い光に引き寄せられずにはいられない。

くれなゐ荘に戻ると、朝次郎がピザを作っていた。

以前から朝次郎はパン作りに凝《こ》っていて、日曜の朝はいつも彼の焼いたパンと決まっているのだが、新たにピザ作りにはまったらしい。

「このひと、凝り性で飽き性やから、そのうちまたべつのもんにはまるわ」

と、妻の玉青は言う。玉青は四十代で、朝次郎は六十代と、歳《とし》の離れた夫婦である。なれそめは誰も知らない。ふたりとも、忌部の分家筋の出だというのはわかっている。

玉青が横からなにを言っても、朝次郎は黙々《もくもく》とピザ生地《きじ》にトマトソースを塗《ぬ》っていた。昔気質《かたぎ》の職人のようである。

「それはマルゲリータ？　僕、しらすのピザが食べたい。しらすとチーズのせたやつ」

などと八尋は勝手なことを言っている。「ほな、しらす買《こ》うといで」と玉青に言われると、めんどくさいのか「今度でいいです」と返していた。

ピザが焼けるまでのあいだ、澪たちは居間に移る。朝晩が冷えるのと玉青が寒がりなので、まだこたつが出されている。

「黒柿家？」

ポットから急須《きゆうす》にお湯を入れながら、玉青が訊《き》き返した。八尋が、黒柿家を知っているか、と訊いたのである。

「聞いたことあるような、ないような……なあ？」

玉青は朝次郎に話をふる。

「ナントカいう神さんを祀ってる家と違《ちご》たか」

朝次郎は腕を組んで、思い出すように宙《ちゆう》を眺めた。声も雰囲気も渋い朝次郎がそういう表情をすると、映画のワンシーンを見ているようだなと澪は思う。

「小耳《こみみ》に挟《はさ》んだくらいやけど。そういう話は、蠱師のあいだで自然と知れわたるもんやさかい」

「蛇《じや》の道は蛇《へび》ていうやつですね」と八尋が言う。

「あの家は結局、つぶれたんと違たか？　一家離散で。ようわからん神を祀る家ちゅうのは、だいたいそんなもんや」

「一家離散はまあそうなんですけど、息子が戻ってきとるんですよ。親父さんが亡くなって。それで祀っとる壺を処分したいて話なんです」

「処分か。なかなか難しいやろな」

「難しいですか」

「ああいうもんは、いろんなもんが染《し》みついてるぶん、厄介《やっかい》や。祓うのが難しいて言うてるんやない。思い切るのが難しいて話や。当人が」

「当人て……黒柿さんが、てことですか？　でも、向こうが処分したいて言うてきとるんですよ」

「土壇場《どたんば》になって、やっぱり祓うのはやめてくれ、なんてこともあるで」

「どうしてですか？」と訊いたのは澪である。

朝次郎は澪のほうに向き直り、

「ひとは欲深いもんやからや」

と、言った。

澪にはわからなかった。八尋を見ると、口をへの字に曲げている。

「そうなったら、面倒やなあ。手間賃はもらうにしても」

「どういうことですか？」

「あの壺は、富を授けてくれる。やっぱり失うのは惜《お》しい、てなるかもしれん、てことや」

澪は目をみはった。それはないだろう。

「だって、家族に危害が及ぶのに。それが怖くて、黒柿さんも処分したがってるんですよね。お父さんのことだってあんなに非難してたんだし、惜しくなるなんてことないですよ」

「うん、そやな。そやったらええんやけど……」

八尋の表情は冴《さ》えない。澪も不安になる。

——結果的に、朝次郎の指摘は外《はず》れていた。だが、的《まと》は射ていた。

いや、実際は、もっと悪かった。

くれなゐ荘の電話が鳴ったのは、深夜のことだった。

半分、夢のなかで澪はその呼び出し音を聞いていた。はっと目を覚ましたときには、朝次郎が電話をとっていた。応答する低い声が、ひっそりとした闇《やみ》のなかでかすかに聞こえてくる。澪は布団《ふとん》をぬけだし、廊下に出た。床板が冷たくて震える。

玉青が足音を忍ばせて走ってきた。

「どうかしたんですか?」

「黒柿さんから電話や。八尋さんに。緊急やて」

口早にそう言って、玉青は八尋の部屋の引き戸を開けた。「八尋さん、起きてや。電話や」

八尋はあれだけ電話が鳴っていたのに、寝ていたらしい。玉青にせっつかれて廊下に出てきたスウェット姿の八尋は、まだ目が覚めてないような顔でぼんやりと歩いていった。寝癖がひどい。澪も彼のあとにつづいて、電話のある台所に向かった。

「はあ、はあ……へえ？　……」

受話器を手にした八尋は、壁にもたれて、いいかげんな相づちを打っている。頭をかきながら、「ほな、鋭意努力します」とめんどくさそうに言って受話器を置いた。と同時に大きなあくびをする。

「黒柿さん、なんやて？」

澪だけでなく、玉青と朝次郎もかたわらで電話の終わるのを待っていた。八尋は「やっとれんわ」とめずらしく苛立《いらだ》たしそうに吐き捨てた。

「あの阿呆《あほ》、とうに願掛けしとったんや」

「え？」と澪は訊き直したが、玉青と朝次郎は「ああ」と納得《なっとく》したように視線を交わした。

「祓う前に願掛けしといて、富だけ授かって、祓ってもらおうとしとったんや。そしたら犠牲を払わんですむて考えて」

黒柿成一は、競馬に大金をつぎ込んで、あの壺を拝んだ。その結果、多額の配当金を得た。それが昨日のことらしい。だが、さきほど東京の自宅に車が突っ込んで、妻子が重体だという。

『すぐに祓ってくれなかったからだ』——と、成一は電話で言ってきたそうだ。壺のお祓いがすんでいたら、妻子は無事だったはずなのに、と。

澪は、言葉が出てこなかった。信じられない。ギャンブルをするようなひとには見えなかったし、壺に傾倒した父親をあんなに軽蔑《けいべつ》しきっていたのに。どうしておなじ真似《まね》をするのだろう。いや、祓ってもらえば大丈夫だと思っていたのか。それなら、父親よりもずるくて愚《おろ》かではないか。

玉青と朝次郎は、あきらめたようにただ首をふっていた。慣れているのだろうか。こんなことがよくあるというのだろうか。

「こうなったら、ともかく一刻も早く祓ってくれと言うとる。匙《さじ》投げたいな。そういうわけにもいかんけど」

眠たげに壁にもたれかかり、八尋はため息をつく。

「いかないんですか」

「いかん。そういうもんや、蠱師てもんは。一度見放したら、もう祓えんようになるで。覚えときや」

　澪は黙る。八尋は手を伸ばし、澪の肩をたたいた。

「そやから、見極《みきわ》めが大事なんや。自分には無理やと思たら、最初から手を出さん。無理なもんは無理。その代わり、できると判断して依頼を受けたら、相手がどんな人間やろうと、助ける。そう決めとかんとあかん」

　そういうことか、と澪は思う。八尋も朝次郎も、割り切りかたが潔《いさぎよ》いと思っていた。そうしないといけないからだ。無理なものは無理。できるならやる。ただそれだけのこと。

「黒柿さんは、壺から音がするて言うとる。昨日までは聞こえへんかったと。願掛けしたら聞こえるようになるんかな」

「どういう音ですか？」

「じゃらじゃら、小銭《こぜに》をかき混ぜるような音やて」

　――小銭を……。

　その夜は、ふたたび布団に入ってもなかなか寝付けなかった。頭のなかで、じゃらじゃらと小銭をかき混ぜる音がするようだった。

翌朝、眠気で朦朧《もうろう》としながら、澪は登校するためくれなゐ荘を出た。

朝になって、ふたたび黒柿成一から電話があった。『昨夜は気が動転して失礼なことを言った、どうか助けてほしい』と懇願《こんがん》する内容だったそうだ。成一はこれから新幹線で東京に戻り、妻子のいる病院へと向かうという。そのあいだに八尋はあの壺を祓う段取りをつける。澪はそちらが気にかかるものの、学業優先だと玉青に言われて、しぶしぶくれなゐ荘を出たのである。

あくびをかみ殺しながらバス停に向かっていると、行く手にある十字路の手前で一台の車がとまった。澪は車には詳しくないが、高級車なのだろうということくらいはわかる。運転席から黒いスーツ姿の青年が降りた。まっすぐな栗色の髪に、涼《すず》やかな目元の、長身の青年だった。美形である。二十代半ばくらいだろうか。落ち着いた雰囲気の青年だ。

澪は足をとめた。青年が澪のほうに向かってきたからだ。手に大きめの封筒を携《たずさ》えている。

「麻績澪さん」

青年は迷いなく、そう呼びかけてきた。滑舌《かつぜつ》のいい、よく通る声をしている。澪は返答せずに、あとずさった。見ず知らずの男にいきなり名前を呼ばれたら、誰だって警戒するだろう。

「私は和邇青海といいます。高良さまからあなたに、これをお渡しするよう預かってまいりました」

――高良さま？

澪はぽかんとして、封筒をさしだす青年の顔を眺めた。和邇青海と名乗る青年は、無言で澪が封筒を受けとるのを待っている。うながされるまま、澪は封筒を受けとった。なんだろう。

「あの、これ――」

「学校までお送りしますので、車に乗ってください。道すがら説明します」

青海の言葉には無駄がない。それだけに有無を言わさぬところがある。なんなのだ、と思いつつ、澪は青海の開けた助手席のドアから車に乗り込んだ。高良の部下なのだろうか、部下なんているのだろうか。和邇といったらたしか千年蟲の支援者だと八尋が――。

「和邇学園のひとですか？」

走りだした車のなかでそう尋ねると、青海は、「いえ」と短く答えた。

「じゃあ……」

「私は高良さまの世話役を仰《おお》せつかっております」

「はあ」

世話役なんて要《い》るのだろうか、彼に……と思いながら、澪は封筒の中身をとりだす。それは地図のようだった。古い地図だ。大きな古い地図をコピーしたものを、貼り合わせてある。

「それは鎌倉時代の京都の地図です」

前方に目を向けたまま、青海は説明する。「さる旧家にあったものをお借りして、コピーさせてもらいました」

「はあ……」よくわからない。なぜそんなものを、澪にくれるのか。澪は青海の横顔を見やる。彫刻のように整った横顔だった。彼はちらとも澪に目を向けることなく、言葉をつづけた。

「当時の黒柿家が載《の》っています」

「えっ？」

澪はあわてて地図を見た。衣笠の辺りをさがすが、黒柿家の文字はない。

「いまの場所ではありません。当時は七条にありました」

「七条……」

澪はばさばさと地図を折り、七条が見えるようにする。西から東まで指で七条通《どおり》をたどった。途中で指がとまる。あった。いまの七条西洞院《にしのとういん》の辺りだろうか。『黒柿家』の文字があった。その右上に、『土倉《どそう》』とも。その辺り一帯、おなじく『土倉』の文字が見える。

「土倉？」

「土倉というのは、金貸しのことです。土蔵と書いたりもしますが」

──金貸し。

「そのころは七条界隈《かいわい》に土倉が多くあって、栄《さか》えていたんですよ。彼らは社寺の神人《じにん》や寄人《よりうど》といった身分を得て──神人、寄人というのは社寺の雑役《ざつえき》に従事するようなひとのことです、ようは社寺の庇護《ひご》を受けて営業していたということです。僧職にある者が高利貸しをすることもありました」

青海は丁寧《ていねい》かつ端的《たんてき》に説明してくれる。

「僧職……お坊さんが、高利貸し？」

「そうです。そういうひとは、蔵法師《くらほうし》などと呼ばれたようですが」

澪の頭のなかで、小銭がじゃらじゃらとかき回される音が響く。壺にしがみついた坊主の姿が同時に浮かびあがった。

澪は思わず声をあげた。

「とめて——ううん、戻って！」

突然はりあげた声にもさして動じた様子を見せず、青海はウインカーを出して車線を変更した。

「くれなゐ荘に戻ればいいんですね？」

「はい」と澪はうなずく。わかったのだ。あれは殺された門付けの邪霊などではない。


お礼を言って車から降りると、澪はくれなゐ荘に駆け込んだ。

「澪ちゃん？　あんた、学校は——」

玉青がなにか言うのを遮《さえぎ》り、「麻生田さんは？」と問う。

「洗面所で歯磨《みが》いてるけど」

澪は洗面所に走った。寝ぼけ眼《まなこ》の八尋が歯を磨く姿が鏡に映《うつ》っている。澪は鏡に向かって地図を広げた。

「なんや、澪ちゃん。その地図。てか、学校は？」

「これ、鎌倉時代の地図だそうです。黒柿家があるんです、土倉って」

八尋は歯ブラシを口に突っ込んだまま、ふり返った。食い入るように地図を眺める。

「土倉って、金貸しのことなんですよね？　お坊さんがやってることもあったって――」

「これ、どこで手に入れたん？」

「巫《ふ》……高良がくれました。持ってきたのは、代理のひとでしたけど」

高良には『巫陽《ふよう》』というほんとうの名前がある。千年蠹にされる前、生前の名前だ。だが、なんとなく、それを高良に呼びかける以外で口にしたくなかった。

「千年蠹が。ふうん」

「旧家にあったのをコピーさせてもらったって、和邇のひとが」

「ははあ、なるほど。和邇の伝手か。――ちょお待って」

八尋はうがいをして、顔を洗うと、タオルで拭《ふ》きながら「蔵法師やな」と言った。

「あの壺に取り憑いた坊主は、門付けの願人坊主やない。高利貸しの蔵法師や。そういうことやな」

澪はうなずく。

「殺された門付けが取り憑いてるんじゃなくて、黒柿家のご先祖なんだと思うんです。小銭がじゃらじゃら、という音は、蔵法師が銭を数えている音」

「となると、どうなるんかな。門付けが云々《うんぬん》いう話は、関係ないんかな」

八尋はタオル片手に考え込む。とそのとき、「八尋」と朝次郎が顔を出した。

「黒柿家の、あの神さんのことやけどな」

「ああ、しゃもじさま」

「そう、それ。昔聞いたときも思たんやけど、それな、もとは『しょもじさま』と違うやろか」

――ショモジ？

しゃもじよりもわけがわからない。澪は首をかしげた。が、八尋は「あ」と声をあげた。

「しょもじ――唱門師《しょもじ》か！」

「なんですか？」

「唱門師も門付けの一種や。下級陰陽師《おんみょうじ》でもある」

「陰陽師」

「呪詛や。あれは呪詛なんや、唱門師が黒柿家にかけた」

八尋はタオルを洗濯籠《せんたくかご》に放り投げ、洗面所を飛びだした。「澪ちゃん、黒柿家に行くで」

「助けた門付けがお礼に壺をくれたていうのは、たぶんほんとうなんや」

車で黒柿家に向かいながら、八尋は言う。

「唱門師は富をもたらす壺とでも言うて、黒柿家にやったんと違うか。それを金貸しやった黒柿家の先祖は、ありがたがって大事にした。呪詛のかかった壺やとも知らずに」

「どうして唱門師は、そんな壺を……」

助手席で澪は問う。着替える暇《ひま》もなかったので、澪は制服のままだ。

「理由はわからんけど、高利貸しやったとしたら、恨《うら》みはいくらでも買《こ》うとったやろ。ほんで、誰かが唱門師に頼んだ。呪ってくれと。そんなとことちゃうか」

「……」

呪ってくれ、と頼む者がいて、呪う者がいる。呪われる者がいる。

――昔は呪詛なんてその辺にいくらでも転がってた。

高良の言葉が耳によみがえる。これは、そんな転がってた呪詛のひとつなのか。

「知らんとあの坊主だけ祓おうとしてたら、呪詛に跳《は》ね返されてこっちが死ぬとこやった。危《あぶ》ない危ない」

「……あの蔵法師――黒柿家のご先祖は、どうしてあの壺に取り憑いてるんでしょう」

うーん、と八尋はうなる。

「推測やけど。あれは、欲に取り憑かれとるんと違うやろか」

「欲？」

「死んだあとも金にしがみついとる。あの壺が生みだす金に」

澪は、背筋が寒くなった。

黒柿家に到着すると、朝の光のなかでもその屋敷は薄暗く見えた。鍵は成一が開けていったそうで、勝手に入って祓ってくれ、ということらしい。玄関の扉を開けると、明かりとりの窓があるのに影が濃く、ひんやりとしていた。なかへとあがり込み、奥の座敷へと進む。廊下はきしんだ音を立て、進むにつれて暗さも冷ややかさも増す。澪は腕をさすった。さきを歩く八尋が足をとめる。なにか物音がして、澪も立ち止まった。じゃらじゃらと耳障りな、これは――。

壺のなかの銭をかき回す音。

八尋はふたたび歩きだし、座敷の襖《ふすま》を開け放った。音がやむ。床の間に前と変わらず壺が置いてあった。と思ったとき、壺がぐらりと揺れて倒れ、ごろりと畳の上を転がる。澪はびくりと身を震わせ、うしろにさがった。壺は口をこちらに向けてとまる。壺のなかは真っ暗だ。いや、なにかが暗闇のなかでうごめく。ちゃり、と音を立てて一枚の古銭《こせん》が壺から吐き出された。それを追うように、ぬっと手が出る。澪は息をとめた。そうしないと、叫《さけ》んでしまいそうだったからだ。両手で口を押さえる。枯れ枝のような手。それが古銭をつまんで、壺のなかの暗闇へと戻る。ちゃり、ちゃり、とかすかな音がした。壺がぐらぐらと揺れている。

――うう……うう……。

低いうめき声が聞こえる。壺からだ。壺の暗闇に一瞬、苦悶《くもん》にゆがむ顔が浮かんで、消えた。顔はつぎつぎ浮かんでは消える。ぜんぶ違う顔だった。小さな子供もいた。泣き声がする。澪は目を閉じたくなるが、まぶたさえ動かせなかった。

パン！　と乾《かわ》いた音がして、澪ははっと息を吸い込む。体が動いた。八尋が手をたたいたのだった。うめき声がやみ、壺の揺れはとまって、顔も浮かばなくなっている。八尋は座敷に入ると、無造作《むぞうさ》に壺を手にとり、畳の上に置いた。

八尋はポケットからなにかをとりだす。小刀のように見える。端に麻紐《あさひも》が結《ゆ》わえてあった。それを手に、八尋は壺の前に座る。壺を見おろして、八尋は「おらんな」とつぶやいた。

「え?」

その途端《とたん》、畳の上を黒いものがさあっと走り、澪は息を呑む。八尋がすばやく片《かた》膝《ひざ》をついたかと思うと、小刀《こがたな》を畳に突き立てた。風のうなり声のような悲鳴が響き渡る。黒い陽炎が、刃《やいば》によって畳に縫《ぬ》い止められていた。陽炎が僧の姿に変わる。刃はその手に突き刺さっていた。

「村雨《むらさめ》」

八尋の声に、一匹の白い獣《けもの》がふうっと宙から現れた。狐《きつね》だ。彼が『松風《まつかぜ》』という白狐の職神を持っているのを澪は知っているが、この『村雨』という狐ははじめて見る。

「行け」

そのかけ声を聞くや否《いな》や、村雨は飛びあがり、虚空《こくう》を蹴《け》った。壺に突進する。ぶつかる、と思った瞬間、轟音《ごうおん》が響いた。雷が空気を切り裂き、落ちたような音だった。澪は驚き、頭を覆ってうずくまる。衝撃に家全体が揺れ、埃が舞いあがった。

顔をあげた澪は、埃に咳《せ》き込む。祓えたのだろうか。いまのが、呪詛を破った衝撃? 舞う埃で白っぽくなった座敷を見まわす。八尋は座ったままだ。壺は——。

壺は、さっきと変わらず、そこにあった。傷ひとつついていない。

「逃げた」

八尋の鋭《するど》い声がする。はっとした。小刀が突き刺さった畳の上には、なにもない。僧の姿も、黒い陽炎も、消えていた。

澪は息をとめる。呼吸の音がする。うしろだ。ひゅう、ひゅう、と穴から空気が洩《も》れるような音だった。

澪は横に飛び退《の》いて、うしろをふり返る。その姿を捉《とら》える前に、強い力が首にかかって、澪は倒れ込んだ。枯れ枝のような手が澪の首を絞《し》めあげている。伸びた爪が肌《はだ》に食い込む。息ができず、頭に血がのぼる。かすむ視界に、僧形《そうぎょう》の痩せさらばえた男が見えた。顔はほとんど骸骨《がいこつ》のようで、落ちくぼんだ眼窩《がんか》の奥で炯々《けいけい》とした瞳《ひとみ》が澪を見ている。剝《む》きだした歯は茶色くぼろぼろで、いまにも抜け落ちそうだった。

――壺が壊されるのをとめようとしているんだ。

黒柿家を蝕《むしば》む呪詛なのに、黒柿家の先祖がそれを祓わせまいとする。もはや、この蔵法師は呪詛と同化しているのだ。

横合いから白いものが飛んできて、蔵法師に体当たりする。木枯らしのような叫び声があがり、蔵法師の姿がかき消えた。村雨だ。

「祓ったわけとちゃう。あれはくっついとるから、壺と同時に祓わなあかんのやな」

八尋が咳き込む澪を助け起こし、背中をさする。急に空気が入ってきて、肺が痛い。涙ににじむ視界の隅に、痩せた手が壺をつかんで、暗闇に引きずってゆくのが見えた。暗がりのなかで蔵法師が壺を抱え込み、しがみつく。

澪は、妙なさびしさを覚えた。死してなお壺にしがみつく蔵法師の姿は、哀《あわ》れだ。邪霊は恐ろしい。だが、同時にもの悲しい。妄執《もうしゅう》に囚《とら》われて、祓われることでしか救われない。救われたいとも、きっと思っていない。救ってやりたいと思うのは、生きている人間の物差しだ。

それでも、澪は祓いたいと思う。邪霊は、自分では自分を救えないからだ。どうしようもないからだ。自分では、苦しみの輪を断ち切れない。誰かが、澪が、切ってやらないと。

「雪丸」

澪は雪丸を呼んだ。白い狼が空中に現れ、くるりと回る。雪丸の姿が鈴に変わった。円錐形《えんすいけい》の、細長い筒《つつ》のようなものがいくつも垂れ下がった、古い鈴だ。それが左右にゆっくりと揺れ、あたりに清澄《せいちょう》な音が響き渡る。

薄暗い室内に、白い光が走った。煤《すす》を払うように暗闇が一掃《いっそう》される。鈴の音《ね》に導かれてやってくるのは、日神《ひのかみ》・天白神《てんぱくしん》だ。白い光が満ちて、澪は目を閉じた。まぶたの裏までまぶしい。

眼裏《まなうら》に、壺にとりすがる蔵法師が見えた気がした。

目を開けたときには、壺は粉々《こなごな》に砕《くだ》け散っていた。壺のなかはからっぽで、銭が出てくることも骨が出てくることもなかった。

「風を通しとこか」

疲れたように八尋が言い、雨戸を開けてゆく。澪も家じゅうを走り回り、窓という窓を開け放った。春先のやわらかな風が吹き抜ける。

座敷に戻ると、八尋が縁側に座り、携帯電話で話し中だった。

「ああ、そうですか。そらよかった。こっちも終わりました」

澪は座敷の端に腰をおろし、柱にもたれかかる。体が重くてだるい。邪霊に襲われたせいか、神を降ろしたせいか。どちらも澪の体には負担になる。

八尋が通話を終え、ふり返った。

「玉青さんから。黒柿さんの奥さんと娘さん、無事に意識回復して、快方に向かっとるそうや」

──よかった。

そう思ったが、口を開くのが億劫《おっくう》で、ただうなずいた。

「やれやれやな」

八尋がパンツのポケットから煙草《タバコ》をとりだし、口にくわえる。

「澪ちゃん、体調は大丈夫か？」

「はい。疲れただけです」

「しばらく休憩《きゅうけい》してから帰ろか」

そう言って八尋は煙草に火をつけ、ふうと息を吐く。紫煙《しえん》が風にたなびき、消えてゆく。彼が煙草を吸うところを、澪ははじめて見た。

「麻生田さん、『村雨』っていう職神も持ってるんですね」

「ん？　ああ、あれは攻撃に向いた、ええ職神なんやけどな。あんまり使わへん」

「どうしてですか？」

「跳ねっ返りやから。扱いが難しい。松風のほうが従順や」

「へえ……」

「君ももう一匹、持っとるやん」

「照手《てるて》ですか」

澪には照手という、狸《たぬき》の職神もいる。もとは忌部秋生《あきお》という蠱師の職神だった。秋生が死んでもそばを離れなかったくらい、彼になついていた職神だが、なぜか澪についてきた。澪は照手がどういう力を持つ職神なのかもわからない。

「扱いが難しいからですか、さっき、邪霊を一度とり逃がしたのは」

「あー」

曖昧《あいまい》な返事に、澪はぴんと来た。

「もしかして、わざとですか」

「はは、なんでやねん」

「わたしに祓わせるために……獅子《しし》の子落としみたいな……」

「僕はそんなスパルタ師匠《ししょう》とちゃうで」

と言ったものの、

「まあ、ちょっとな、ほんのちょっと、どうなるかなーと思て、様子見《ようすみ》したけど」

と笑った。

「やっぱりそういうとこ、あるんじゃないですか」

「まあ、そやないと修行にならんし」

澪はため息をつく。が、師匠になってくれと頼んだのは澪である。文句《もんく》は言えない。

「……麻生田さんは、どうして蠱師になったんですか？」

気になってはいたものの、軽々しく尋ねてはいけない気がして、訊きかねていた問いだった。八尋は煙草を吸い、しばらく答えなかった。

「なんやろなあ。それ、ひとつの答えで返せへん質問やなあ。まあ、いろいろあって……」

「いろいろ」

「そう。『紆余曲折《うよきよくせつ》あって』みたいな。……でも、そやなあ、簡単に言うたら家がクソやったていうのと初恋相手が邪霊やったたってことかな」

「え？　家……初恋……」

さらりと言われたが、問いを重ねるのを躊躇《ちゆうちよ》させる答えだった。

「麻生田の家は、澪ちゃんも知ってのとおり麻績家の親戚で蠱師の家柄《いえがら》やけど、伊勢神宮ともつながりがあるし、伊勢のほうでは旧家で名家なんや。まあ、根太《ねだ》が腐り落ちとるようなどうしようもない家やけど。祖父も父親もクソで兄弟もクズや」

「はあ」

「女が居着《いつ》かへん家やな。職神が白専女《しろとうめ》のせいでもあるけど」

「白専女のせい？」

白狐を白専女と言うのだということは、知っている。麻生田家は昔から白専女を祀り、職神にしているそうだ。

「あれは女やから。人間の女を置くと嫉妬《しっと》する。そやから麻生田には正妻も母親もおらん。世話係て名目《めいもく》の、通いの妾《めかけ》はようけおるけど。子供は不思議と男しか生まれへん。兄弟はみんな母親が違う。これも一種の呪いかもしれんな」

八尋は軽く笑うが、澪は顔がひきつった。

——それは、呪いというよりも……。

業《ごう》ではないだろうか。

ふと、八尋はなにかを思い出したように煙草を見つめると、携帯灰皿で火を揉《も》み消した。

「いややなあ。いちばん上の兄貴が、呪詛祓いのあといつも煙草吸うてたんやった。いやなとこほど似るてほんまやな」

そう言うと、八尋は薄く笑った。

「禁煙しよ」

くれなゐ荘に戻った澪は、予想通りではあったが、寝込んだ。全身がだるくて熱っぽく、動けない。玉青がときおり、額にのせた濡れタオルを冷たいものに取り替えてくれるのが、心地《ここち》よかった。いつのまにか眠っていたらしく、目を覚ますと、布団のかたわらに漣がいた。夢だと思い、澪は、「お兄ちゃん」と呼びかけた。小さなころ、使っていた呼びかただった。

漣は切れ長の目をしばたたいただけでなんにも言わず、澪の額から濡れタオルをとると、裏返してまた額にのせた。ひんやりとして気持ちいい。漣は、澪の濡れた前髪を指でかきわける。

子供のころ、澪が邪霊に襲われて寝込むと、漣はきまってこうして布団のそばにやってきては、不安そうに澪を眺めていた。澪が寝入ってしまうまでそばにいて、目が覚めるとまたやってきた。

澪は天井《てんじょう》をぼんやり見つめ、次第に意識がはっきりしてくる。これは夢ではない。ふたたび漣のほうを見た。

「――漣兄《にい》？　どうしているの？」

体がだるくて、まだ起きあがれない。漣は眉をよせて、ため息をついた。

「来た途端、これだからな。まさか引っ越してきた初日に看病させられるとは思わなかった」

「引っ越し……え、今日だった？」

「早めた。準備がすんだから」

「連絡してくれたらよかったのに」

「べつに、早まろうが遅れようが、たいして変わらないだろ」

漣は眉をよせたまま、澪を見おろした。

「寝ろよ。寝ないと体力が回復しない」

「見られてると寝にくいんだけど」

「さっさと寝ろ」と言って、漣は澪の額のタオルを目の位置までずらした。澪の視界は覆われる。

「……今日、ひとつ思ったんだけど……」

「寝ろよ」

「生きてる人間は、自由だね」

漣の返答はない。

「邪霊になってしまったら、自分ではもう、身動きとれないんだもの……」

目を閉じると、眠気《ねむけ》が強くなる。意識が体の奥底へと、持っていかれる。

「……邪霊は、人間のなれの果てだ」

ぼそりとつぶやいた漣の声が、遠くに聞こえる。

「邪霊になる人間は、生きているあいだも、身動きとれてないんだよ」

だから哀れなんだ、と漣は言う。

「……それ……伯父《おじ》さんの受け売りでしょ……」

澪は半分寝入りながら、すこし笑った。返ってくる声はない。澪は布団から手を出して、畳の上をさぐった。その手を漣の手がつかむ。漣の手はあたたかい。澪の手が冷えているのか、漣の体温が高いのか。昔から、漣が澪の手を引き、助けてくれた。いまでも漣に手を握ってもらうと、安心する。口に出したことはないが。

体から力が抜けて、澪は深い眠りについた。邪霊の夢は、見なかった。

春に呪えば恋は逝く

春休みに入った初日、澪《みお》の友人の茉奈《まな》がくれなゐ荘にやってきた。澪の下宿先を見てみたいと、茉奈に所望《しょもう》されたのである。

茉奈は澪の部屋に入って開口一番、

「同居してるイケメンとかいはらへんの？」

と目を輝かせた。

「なにそれ」

「下宿て言うたらそれがお決まりやないの」

「いません」

くれなゐ荘にいまいる男性陣は朝次郎《あさじろう》と八尋《やひろ》と漣《れん》だが、朝次郎はハンサムだけれど老人だし、八尋はぱっと見はさわやかな好青年のようなのにだらしがないし、漣は顔はともかく口も態度も意地も悪い。

「えー」と茉奈が不満の声をあげたとき、部屋のガラス戸が開いた。

「澪、おまえ今日――」

漣だった。漣は茉奈がいるのを見て言葉をとめる。

「漣兄《にい》、開ける前に声かけてよ」

「おまえだけだと思ったんだよ。邪魔《じゃま》したな」

茉奈のほうに軽く会釈《えしゃく》だけして、にこりともせず、漣は戸を閉めた。無愛想《ぶあいそう》極まりない。

「ごめん、いまのは」

「いるんやないの！」

澪の言葉を遮《さえぎ》って、茉奈は叫《さけ》んだ。

「え？」

「イケメン！　いるやん。え、なに、お兄ちゃんなん？　そういうたら澪ちゃんによう似てはったな。お兄ちゃんもここに下宿してはるん？　大学生？」

茉奈に詰められ、矢継《やつ》ぎ早《ばや》に質問されて澪は引き気味《ぎみ》になる。

「ああ……うん、まあ、兄で、四月から大学生で、こないだからここに下宿しはじめて」

従兄《いとこ》だとか実は兄だとか説明するのが面倒《めんどう》で、もう兄と言ってしまった。こちらに麻績《おみ》村の知り合いはいないのだから、まあいいか、と思う。

「でも、似てないよ。似てないでしょ」

「そっくりやで。顔もやけど、とくに雰囲気が」

「雰囲気……無愛想な感じ？」

あはは、と茉奈は笑った。

「クールな感じ。ええなあ、かっこええお兄ちゃんいて」

「隣の芝生《しばふ》は青いってやつだよ、それ」

澪からしたら、茉奈の家の、弟妹《ていまい》がいて犬がいて、にぎやかなところがとてもうらやましい。麻績家は、静かだった。

「お兄ちゃん、名前なんていわはるん？」

「漣。さざなみって書いて、漣」

「へえ」茉奈はちょっと目をしばたたいた。「澪ちゃんの両親って、海が好きなん？」

「え？　ううん、なんで？」

「なんでって、ふたりとも海っぽい名前やから」

――海……。

澪は澪標《みおつくし》の澪。大海原《おおうなばら》に出てゆけるひとだと、この名を褒《ほ》められたことがある。そして、『麻績澪』、逆《さか》さまから読んでもおなじ名には、長寿の祈りが込められていると。このほかにも、意味があるのだろうか。

そういえば、と澪は思う。父の名前は潮《うしお》で、叔父《おじ》の名前は満《みつる》だ――戸籍上では、父が伯父《おじ》で、叔父が父だが。

長野に海はないし、麻績家もとくに海とはかかわりがない。ない、というより、澪は知らない。

――いや、でも、前にどこかで海と麻績家に関することを、聞いた気がする。

いつ、誰に、なにを聞いたのだったか。

――麻績と交流のあった海人《あま》のひとたちが……。

そう、たしかそんな話だ。言っていたのは、八尋だ。

「澪ちゃん、みたらしだんご食べるか？」

ガラス戸の向こうから、その八尋の声がした。

「玉青《たまお》さんがお茶淹《い》れてくれたで。友達来とるんやって？」

「ありがとうございます」と、澪は戸を開ける。お茶とみたらしだんごの皿をのせた盆を手に、八尋が立っていた。湯呑《ゆの》みと皿は三人ぶんあり、八尋は澪に盆を渡すと、ひとつずつ手にとった。「これは僕《ぼく》のぶんな」

「お……お邪魔してます」と茉奈が正座して頭をさげる。茉奈は、盆を手にそばに戻った澪の脇腹《わきばら》をぐいぐい肘《ひじ》でつつく。湯呑みが揺れてお茶がこぼれた。『誰？』と目が言っている。

「麻生田《おうだ》八尋さん。このひとも下宿人。……あ、それから親戚のおじさん」

「祈禱《きとう》だかお祓《はら》いだかしてくれる親戚のおじさん？　このひとが？　全然そんなふうに見えへんけど。若いし」

「君らからしたら若ないで」と八尋が笑う。「もう三十二や」

「ちょっとかっこええし」

「おっ、ええ子やな。おじさんのぶんのみたらしだんご、あげるわ」

八尋はだんごの皿を茉奈に手渡し、去っていった。

「あたしもここに下宿したい……」

ガラス戸を眺《なが》め、茉奈がぽつりとつぶやいた。見た目にだまされたらだめだよ、と澪は思ったが、黙ってだんごを頰張《ほおば》った。


「漣兄、なにか用事だったの？」

夕方に茉奈が帰ってから、澪は漣の部屋を訪ねた。漣の部屋は澪の隣だ。

「おまえが暇《ひま》だったら、街《まち》の案内してもらおうと思ってたんだよ」

「案内なんて……」

「観光案内じゃなくて、邪霊《じゃれい》のいそうなところを知りたいって意味だ」

「ああ。でも、わたし通学圏内とこの近所しかわからないよ」

「使えないやつだな」

「ちょっと」

「玉青さんか、朝次郎さんにでも訊《き》くか」

「麻生田さんに訊けばいいんじゃない？」

漣は顔をしかめた。

「俺《おれ》は八尋さんとは極力話したくない」

「なんで？」

「合わない」

そのひとことだった。だが、なんとなく澪にはわかる気がした。たぶん八尋はどうとも思っていないだろうが、漣はああいう飄々《ひょうひょう》としたひとは苦手《にがて》である。朝次郎のほうがよほど気が合うだろう。

「でも、邪霊のいそうなところを知って、どうするの？」

「決まってるだろ。祓うんだよ。修行だよ」

「漣兄の？」

漣は澪をじろりとにらんだ。

「のんきだな。俺と、おまえのだよ」

「ほな、小桜橋《こざくらばし》がええんとちゃう？」

晩ご飯の席で、玉青は言った。卓袱台《ちゃぶだい》の上には、しらす丼《どん》にあおさの味噌汁《みそしる》、あさりの酒蒸《さかむ》しと、海の幸《さち》が並んでいる。あおさの味噌汁に口をつけると、磯のいい香りがした。

「小桜橋？」

漣が訊き返す。卓上には春めいた桜色のかぶら漬《づ》けもあり、玉青はそれを一枚口に放り込んでから、話をつづけた。

「一乗寺川《いちじようじがわ》の支流の、ずっと上流にな、古い橋がかかってるんよ。それが小桜橋。橋のたもとに一本だけ、小振《こぶ》りな山桜の木があるさかい、そう呼ばれてるんや。橋のさきにあった集落がのうなって、いまは通るひともいいひんよって、朽《く》ちかけてるんやけどな。そこにずっといるんよ」

「いる、って……」

澪はほどよい塩味の釜揚《かまあ》げしらすを口に運ぶ手をとめ、玉青のほうを向いた。

「そやから、邪霊や」

「ですよね」

あまり食事中に聞きたい話ではない気がした。

「通るひとがいいひんさかい、祓ってくれていう依頼もない邪霊や。その橋にいるてだけで、凶悪なもんでもないんやろな。依頼がない以上、蠱師《まじないし》は祓いに行かへんけど、修行やいうんやったら、行って祓《はろ》てあげたらどうや？」

「蠱師は依頼がないと、だめなんですね」

「だめていうか、そういうもんなんよ」

なあ、と玉青は朝次郎を見て、朝次郎は無言でうなずく。口を開いたのは、八尋だ。

「金にならんもんを、わざわざ労力割《さ》いて祓いに行かんわな。万一、怪我《けが》でもしたらなおさらつまらんし」

「はあ……」

「べつに、僕ががめついわけとちゃうで。仕事やから」

慈善事業ではない、というのはわかる。それに、見かけた邪霊をいちいち祓っていては、きりがないだろう。

「玉青は、ずっとあれを気にしてたさかいにな」

朝次郎が言い、いったん箸《はし》を置いた。

「祓てくれるんやったら、ありがたい」

玉青はちょっと、困ったように笑う。「あたしはな、自分では祓えんさかい」

彼女は忌部《いんべ》の出だが、蠱師ではないという。祓う力がないということだろうか。

「気にしてた、というのは、どうしてですか」

漣が訊く。

「姿かたちは、はっきりしてへんのやけどな……たぶん、女の邪霊や」

玉青は顔を曇らせた。

「ほんで、泣いてる」

「泣いてる……」

漣も眉《まゆ》をひそめる。たぶんやけど、と玉青は自信なさそうに言う。

「桜の時季になるとな、風で花が散るたび、すすり泣く声が聞こえる気がするんよ」

澪の脳裏《のうり》に、桜の舞い散る川辺の光景が浮かぶ。そこに泣き声が重なれば、ひどくもの悲しい。その邪霊は不幸な死にかたをした女なのか、はたまた呪詛《じゅそ》がらみか。

「毎年、この時季になるとたしかめに行ってしまうんや。なんや、泣き声を聞くもんが誰もいいひんのは、かわいそうに思えてな」

そう言って玉青は、漬物《つけもの》の皿を眺める。そこには桜の塩漬けが添えてあった。

邪霊を祓いに行くというのに、なぜだか玉青はお弁当を作り、澪たちに持たせた。

「花見がてら、行ってきたらええわ」

と言う。今年は急に気温が上がったせいか、桜の開花が早い。今日も朝からよく晴れて、すこし動いたら汗ばみそうな陽気だった。

とはいえ、花見を楽しむという気分ではない。桜ではなく、すすり泣く邪霊を見に行くのだから。

「僕は車で待っとるから、危《あぶ》ないて思たら、手ェ出さずに戻ってくるんやで」

澪と漣だけで行くのは玉青にも朝次郎にも反対されたので、八尋の守《も》り役付きである。

八尋の運転する車で川の上流に向かう。当然ながら山のなかだ。川沿いにつづく道を進んでゆくと、やがて民家が途切れ、木々しか見えなくなる。坂道の勾配《こうばい》も曲がり具合もどんどんきつくなり、道幅は細くなるいっぽうだ。対向車が来たらすれ違う幅もないので、ひやひやした。しかし一台の対向車もなければ、後続車もなかった。舗装《ほそう》されていない道に分け入り、しばらくして、八尋はすこし開けた場所で車をとめた。

「これ以上は車で行けへん。歩いてかなあかんな。いってらっしゃい」

と、八尋は澪と漣を車から降ろした。

「僕、玉青さんの作ってくれた弁当食べて待っとるわ。まあ、危なそうやったら駆けつけたるから」

「危なそうって、どうやってわかるんですか」

小桜橋はここからまだ距離がある。

「松風《まつかぜ》」

白狐《しろぎつね》が現れた。八尋の職神《しきがみ》だ。

「松風を見張りにつけとく。狼《おおかみ》があかんから、あんまりそばには寄れんけど」

麻績家の職神である狼は、麻生田家の白狐の天敵なのだそうだ。だから一緒には使えない。親戚なのに、不便なことだ。

「ほな、がんばって」

八尋はひらひらと手をふり、澪と漣を送りだした。

「軽いな……」

漣がぼそっとつぶやいた声は、八尋には届かなかったようだった。八尋は鼻歌交じりで弁当箱の蓋《ふた》を開けている。

林のなかの道をふたりは進む。舗装されていない細道とはいえ、一応、道はあるのでよかった。玉青から周辺の様子は聞いていたので、澪も漣もウインドブレーカーにジーンズという出《い》で立《た》ちだ。八尋だけは、薄手のニットに白のコットンパンツという、はなから明らかについてくる気のない服装だったが。

漣は肩に細長い錦《にしき》の袋をかけている。中身は蠱師が使う九節《きゅうせつ》の杖刀《じょうとう》だ。

「川ってのは、あれか」

かすかなせせらぎが聞こえる。ゆるやかなカーブのさきに、小川があった。川というより谷といった感じで、山肌《やまはだ》が深くえぐりとられた両岸には木々が生《お》い茂《しげ》っている。隅《すみ》には砂礫《されき》が堆積《たいせき》していた。このところ雨がないせいか、水量はすくなく、川底に転《ころ》がる岩石のあいだをちょろちょろと流れている程度だ。

「昔は何度か氾濫《はんらん》したって聞いたけど、想像できないね」

眼下の小川を眺めて澪が言うと、

「鴨川《かもがわ》水系だから、治水工事の行き届いていない昔なら大雨が降れば氾濫するだろ。歴史的に見ても、鴨川の洪水《こうずい》は有名だ」

漣は当たり前のように言った。

「麻生田さんみたいなこと言うんだね」と言うと、にらまれた。

「降りるぞ」

木々を抜けて、低い斜面から川岸に降りる。砂礫の積もった隅を上流に向かって歩いて、くだんの橋をさがした。やがて行く手に朽ちかけた木造の橋が見えてくる。想像していたよりもずっと小さくて、簡素なものだった。橋は苔《こけ》で覆《おお》われ、ところどころが腐《くさ》り落ちている。橋のそばに、たしかに桜の木があった。玉青の言ったとおり、小振りの山桜だ。青葉の陰に鈴なりの蕾《つぼみ》がのぞき、ちらほらと花が咲きはじめていた。緑の木々のなか、そこだけぽつんと薄紅《うすべに》が映《は》え、鮮《あざ》やかだ。

桜の木陰が、橋に落ちている。風に枝が揺れ、影も揺れる。だが、動かないかたまりがある。淀《よど》んで、じっとうずくまっているような影だ。近づくにつれ、焦げ臭《くさ》さが鼻を衝《つ》いた。それはゆらりと立ちあがるように伸びて、澪たちのほうをうかがう。影が陽炎《かげろう》のようにゆがみ、焦げたにおいは強くなる。澪は足をとめた。

漣が澪の袖《そで》を引いた。見れば、漣は目で邪霊がいるのとは逆のほうを示す。澪はそちらに目を向けた。桜の近く、橋の手前に、誰かいる。邪霊のほうに気をとられていたので、澪はぎくりとした。

いたのは、ハイキング姿の老婦人だ。ジャンパーにスラックス、背中にはリュックを背負い、頭には帽子をかぶっている。彼女は小さな花束を手にしていた。ピンクのガーベラとかすみ草の、かわいらしい花束だ。それを橋のたもとに供《そな》えて、両手を合わせる。長いこと目を閉じ、拝んでいた。

邪霊に動きはない。ただ橋の上にたたずみ、黒い陽炎のようにその姿をゆがめてゆらめくだけだ。

どうしようか、と澪が挙動に迷うのと対照的に、漣は迷いなく橋のほうに歩いていった。邪霊のほうではなく、老婦人のほうにだ。漣は斜面を登り、彼女に近づく。気づいた老婦人が顔をあげた。

「こちらで亡くなられたかたがいるんですか？」

漣が話しかけると、

「ええ……」

老婦人はかすかに笑《え》みを浮かべ、立ちあがった。

「昔のことだけれど。この辺《あた》りのかた？」

「いえ、最近、長野から引っ越してきました」

「わたしは東京から旅行で来てるの。東京といっても、田舎《いなか》のほうだけれど。高校生？」

「この春から大学生です。——妹は、高校生ですが」

漣は澪をふり返った。老婦人の視線が向けられて、澪は会釈した。やさしげな笑顔が返ってくる。

「兄妹でハイキング？　仲がいいのね。わたしも兄がいるのよ。若いころは、兄といっしょに登山もしたわねえ。なつかしい。実家のほうにね、ちょうどいい山があって——」

「ここで亡くなられたかたというのは？」

話が逸《そ》れていきそうだったので、せっかちな漣が引き戻す。

「ああ、ええ」

思い出話を遮られた老婦人は、いやな顔をするでもなく目をしばたたいた。橋を見やり、次いでかたわらの桜の木を眺める。邪霊はまるきり見えていないようだ。邪霊にも反応はない。

「昔はね、このさきに小さな集落があって……。いまはもう、ないけれど。大きな材木商が一軒あって、そこにわたしの友人が嫁《とつ》ぐことになったの。もう何十年前の話になるかしらねえ。嫁いだ晩に、その子はこの橋から川に身を投げて、溺《おぼ》れ死んだのよ」

老婦人はふたたびしゃがみ込み、手を合わせた。

「昔はもっと水量が多くてね。でも、下流まで流される前に見つかって、まだよかった」

「どうして、身投げなんて……」

澪も斜面を登り、漣のそばに歩みよった。

「嫁ぎたくなかったからよ。べつに好きなひとがいたの」

老婦人は膝《ひざ》をさすりながら立ちあがる。「この歳《とし》になると、こんな場所まで来るのもひと苦労よ」と苦笑した。

――身投げした花嫁。

あの邪霊は、その花嫁なのだろうか。

――でも……。

澪は橋に一歩近づく。「おい」と漣が澪の袖を引いた。

「桜の時季になんて嫁がせるから」

ため息とともに、老婦人はつぶやいた。

「え？」澪はふり返る。

「わたしの故郷じゃ、この時季の結婚は避けるものだったわ。そういう風習だったの。桜嫁《さくらよめ》って言ってね、桜が散るように、すぐ離縁することになるからって……」

言ってから、彼女はふっと笑う。そばにある桜を見あげた。

「もちろん、迷信に過ぎないけど。原因をなにかに求めてしまうのよね。桜嫁のせいだと思えば、いくらか気は紛《まぎ》れるもの」

それじゃ、と老婦人は会釈をして、橋に立てかけた杖《つえ》を手にきびすを返す。

「わたしがここに来られるのも、今年が最後かもしれないわね。もう膝が痛くて」

「お大事に」と漣が声をかける。澪は橋に向かい、一歩足を踏みだした。この朽ちかけた橋を渡るのは、たぶん無理だ。できるだけ邪霊に近づいてみたいのだが。

――あの邪霊は、そんなに新しいものじゃない。

老婦人の話してくれた花嫁よりも、もっと、ずっと古いものだ。なぜだか、そんな気がする。街なかでよく見かける邪霊よりも、濃くて深い、先日の壺《つぼ》に取り憑《つ》いていた邪霊に似たものを感じるのだ。

澪の手が、欄干《らんかん》に伸びる。木は腐り、苔むして、いまにも崩《くず》れ落ちそうだった。

そっと手を触れる。

その瞬間、鳥肌《とりはだ》が立った。湿《しめ》った苔を通して、冷たさが肌に突き刺さる。全身に冷水《ひやみず》を浴びせかけられたように、体温が一気に下がってゆく。体が小刻《こきざ》みに震えた。

突然、はらりと目の前に小さな白いものが翻《ひるがえ》る。はっと顔をあげると、桜が散っていた。風が吹きつける。桜の花が舞いあがり、舞い散る。視界を桜吹雪《さくらふぶき》が覆った。辺りは薄紅色に染《そ》まり、水のせせらぎだけが聞こえる。桜の花びら以外、なにも見えない。強い風が吹き抜けたかと思うと、桜の花びらは霞《かすみ》へと姿を変える。うっすらと、霞のなかに周囲が浮かびあがった。澪はあわてて辺りを見まわす。気づけば澪は、橋の中央に立っていた。

漣も老婦人の姿もない。ここがあの橋の上なのかどうかも、澪にはわからなかった。

水と苔のにおいが強くなり、それに混じって、霞の奥から焦げ臭さがただよう。

目を凝《こ》らせば、黒い陽炎が揺らいでいた。

「……」

かすかな声が聞こえる。耳を澄ますと、それがすすり泣きの声だとわかった。

陽炎が、すこしずつ形を成してゆく。ひとの形に。

うつむいた女性だ。若い。長い髪を垂らし、水色のカーディガンを羽織《はお》り、グレーのスカートを穿《は》いている。全身がずぶ濡《ぬ》れだった。髪のさきから、服の裾《すそ》から水がしたたり、足もとに水たまりを作っている。カーディガンの胸元に、銀のブローチがあるのが目についた。花を象《かたど》ったブローチのようだった。

古い邪霊だと思ったのは、澪の勘違いだろうか。彼女はどう見ても、古い時代のひとではない。

——あれ？

澪は女性のうしろを凝視《ぎょうし》する。背後に、薄い影が立っている。影は徐々に濃さを増し、ぐにゃりとゆがみ、焦げたにおいが強くなる。急に足もとが冷え、澪は震えた。

影に目鼻ができる。瞳《ひとみ》が澪を捉《とら》えた。顔立ちがはっきりし、青白い肌と薄い唇《くちびる》を持つ女の姿が現れた。見慣れぬ風体《ふうてい》をしている。頭には白い布を巻き、赤茶色の小袖を短く着付けていた。

その女が澪に向ける視線に、攻撃的なものはない。静かな瞳だった。そのぶん、深い水底《みなぞこ》に沈むような、かなしみがあった。肌に突き刺さる冷えがひどくなる。吐《は》く息が白くけぶった。恐ろしくはない。だが、澪はあとずさった。恐怖とはべつの危《あや》うさを感じたのだ。なんだろう。ここは危険だ。澪に向けられた敵意は感じられないのに、それ以上に肌が危機を訴《うった》えている。

足もとで水音がして、澪は下を見る。橋はなく、澪の足は水に浸《つ》かっていた。

「えっ……」

驚いて足がもつれ、澪は尻餅《しりもち》をつく。冷たい水が半身を濡らした。起きあがろうとした澪は、ぎくりと固まる。水面《みなも》に影が落ちている。澪のものではない。映《うつ》っているのは、髪を白布《しらぬの》で包んだ女だ。表情のない顔が澪を見つめている。澪は目をそらせなかった。息が浅くなる。目をそらさねばと思うのに、静かな瞳に吸い込まれるようで、まばたきもできない。己《おのれ》の呼吸の音だけが耳に響く。

——水……。

胸のうちで、声がする。澪の声ではない。この女の声だ、と思った。水面の女の声が、胸のなかで生まれて、消える。

——水が恋しかろう。

総身《そうみ》が冷えた。声は深く、遠く、体の隅々まで響き渡るように聞こえる。何重にも重なっているような、不可思議《ふかしぎ》な声だった。

もっと聞きたい、と思う。澪は水面の上に身をかがめた。女の瞳をのぞき込む。女の目が笑ったように思えた。

「馬鹿が」

ふいに耳のそばで声がして、澪はうしろに腕を思い切り引っ張られた。痛い、と思わず叫ぶ。

はっと気づけば、澪は橋の手前に立っていた。下には涸《か》れかけた川、まわりは木々に囲まれている。

「おい、澪」

漣の声に澪はふり向く。だが、さっきの声は漣ではなかった。いまのは――。

澪は腕を見た。つかまれている。視線をあげると、高良《たから》がいた。

「え⁉」

啞然《あぜん》とするしかない。どうして、ここに。いや、でもたしかにさっき聞こえた声は、高良のものだった。

高良は眉根《まゆね》をよせている。そういえば、『馬鹿』と言われたのだ。なぜだ。

「呪詛だぞ」

澪の疑問に答えるように、高良は言った。

「呪詛？　なにが――」

「桂女《かつらめ》がいる」

わけがわからない。澪は漣を見た。漣もわかっていない顔をしている。ただ、

「おまえ、急に棒立ちになって、声をかけても揺さぶっても反応しなかったんだ

よ」と言った。

「わたし……」

　澪は額《ひたい》を押さえる。

「橋の上にいた。そのあと、水のなかに……。女のひとが水面に。あ、その前にもうひとりいた」

　漣がけげんそうに首をすこしかしげる。「女がふたり？」

「そう。女のひとがふたりいた。ひとりは昔のひとで、もうひとりは最近の——最近っていっても、ずっと前だと思うけど……」

　要領を得ないしゃべりかただと、澪は自分でも思う。まだ頭のなかが朦朧《もうろう》としていた。

「昭和とか、そんな感じの服装……うん、たぶん。レトロっていうか。水色の丸首のカーディガンを着てて、胸にブローチをつけてて。銀の花のブローチ」

「あの」

　声が割って入って、澪も漣もふり返った。さきほど立ち去ったはずの老婦人がいた。心配そうな顔をしている。

「妹さんの様子がおかしいようだったから、どうかしたのかと思って……」

それで戻ってきてくれたようだ。

「すみません、大丈夫です」と漣が答える。それでも老婦人は気がかりな目を澪に向けていた。

「あの、いま、なんの話をしていたの？」

澪と漣は顔を見合わせる。どう答えたものか。老婦人の目は高良のほうに移る。

「この子も、急に現れて……どこから来たのか、わからなかったわ」

高良はなんとも答えない。答える気がないようだった。老婦人は反応のない高良に困惑した様子で、ふたたび澪のほうを向いた。

「ねえ、水色のカーディガンがどうとか言ってたでしょう？」

「はあ……そう、かもしれないです」

澪は曖昧《あいまい》に言葉を濁《にご》す。老婦人が詰めよった。

「銀の花のブローチをつけてたって。幽霊《ゆうれい》を見たの？　ここにいるの？」

澪は漣をうかがう。こういうときの対応がうまいのは漣である。

「白昼夢《はくちゅうむ》を見たんでしょう。妹はよくこういうことがあるんです。気にしないでください」

漣は平然と適当なことを言った。いつも不思議なのだが、漣はそれらしい嘘《うそ》をふつうにつける。

「でも……ねえ、夢だとしても、見たんでしょう？　喜美恵《きみえ》ちゃんの姿を」

え、と澪は声をあげる。老婦人は澪の肩を揺さぶり、青い顔でつづけた。

「喜美恵ちゃんがここにいるんでしょ。そうなんでしょ……」

老婦人の顔からは血の気《け》が引いている。澪が声をかけようとしたとき、彼女はふらついてその場にくずおれた。あっ、と澪はあわててその体を支える。が、支えきれずに澪まで倒れかけたのを、漣が横から抱きとめた。ふたりで老婦人をかかえ、座らせる。高良はそれを腕を組んで眺めていただけだった。無駄に偉《えら》そうだ。

「ごめんなさい、びっくりしたものだから……」

老婦人は弱々しい声を出す。肩で息をしている。澪はその背中をさすった。ありがとう、と彼女はすこし笑みを浮かべた。

「喜美恵ちゃんというのが、さっき話した、身投げした友人なの。あなたの口にした女性の姿というのが、喜美恵ちゃんが亡くなったときの格好《かっこう》そのままだったから」

──あの若い女のひと。

「水色のカーディガンの……？」

「そう。銀のブローチをつけていたって言ったでしょ。あれはあの子のお気に入りだったのよ」

あの女性は、喜美恵という、老婦人の友人。では、もうひとりは？

「大丈夫ですか」と漣が老婦人の顔をのぞき込む。彼女の顔色はすぐれないままだ。

「喜美恵ちゃんを思い出して、ちょっと……。ごめんなさい、休めば大丈夫よ。もうホテルに戻るわ」

「じゃあ、ホテルまで送ります。近くに知人が車で来ているので」

漣はそう言うと、すぐに携帯電話で八尋を呼んだ。八尋はちょうどこちらに向かっているところだったそうで、すぐにやってきた。高良が現れたから、松風が八尋に知らせたのだろうか。

「このご婦人を送ったら、また戻ってくるわ」と言い、八尋は老婦人を支えながら去っていった。

ふたりを見送ったあと、漣が高良のほうをふり返った。

「さっき、呪詛と言ったな。どういうことだ？」

高良は漣を見もせず、答えもしなかった。「おい」苛立《いらだ》った漣が高良に詰めよる。が、すぐにうしろに飛び退《の》いた。高良のかたわらに、突然虎《とら》が現れたからだ。

「於菟《おと》」

澪は思わずその名を口にするが、虎の反応はない。高良の職神、於菟である。於菟は唸《うな》り声をあげて、漣を威嚇《いかく》している。

「わたしも教えてほしい」

澪が言うと、高良はちらりと目を向けた。

「……橋に呪詛がかけられている。桂女の呪詛だ」

「桂女って？」

「巫女《みこ》の一種だ。祈禱、呪詛、辻占《つじうら》。そういうものをやる」

「桂女は、鮎《あゆ》の行商人じゃなかったか？」と漣が口を挟《はさ》む。

「それも生業《なりわい》のうちのひとつというだけだ」

高良は答えたが、漣のほうを見ようとはしない。

「その桂女の呪詛が、この橋に」

澪は橋を眺めた。橋の中央で、黒い陽炎が揺らめいている。

「どうして？」

「そんなことは知らない。だが、呪詛にうかつに足を踏み入れるなよ。引き込まれるぞ。さっきみたいに」

――あれは、呪詛に引き込まれるところだったのか。

じゃあ、と澪は思う。

「あの水色のカーディガンのひとは……喜美恵さんは、引き込まれたひと?」

「おそらく、そうだろう」

「それはおかしくないか?」

漣が言った。「古い邪霊の呪詛なら、もっと被害者はいるだろう。喜美恵さんひとりじゃなく」

高良はじろりと漣を見やった。

「当たり前だ。見えたのがその女だけだったというだけだろう。いずれにしても不用意に触れるものじゃない。護衛なら防げ。ただそばにいるだけなら護符《ごふ》でも持っていたほうがましだ。半人前が」

漣の表情が険《けわ》しくなった。空気がぴりりと張りつめて、剣呑《けんのん》になる。

「いや、あの……うかつだったのはわたしなので」

澪が言えば、

「それは先刻承知だ」

「おまえは黙ってろ」

と、高良にも漣にもぴしゃりと言われる。黙れと言われて黙る澪ではない。

「あのね、それだと話が進まないから、言ってるんだけど。それはそれとして、この橋の呪詛をどうしたら祓えるのかっていうのが知りたいの」

漣が黙り、高良が口を開く。

「どうしたらもなにも、祓える者には祓えるし、祓えない者には祓えない。それだけだ」

「わたしには祓える？」

高良は澪の顔を眺めた。

「邪霊ごとき、神が祓えぬ道理はない。それを降ろせるかどうかだ」

つまり、澪が神を降ろせるかどうか。

「さっきは、呪詛に引き込まれかけてたってことだよね？　うかつに踏み込むんじゃなくて、万全の態勢ならいいんだよね」

澪は考え込む。「万全の態勢ってなんだよ」と漣が言うが、無視した。それをいま考えているのである。

黒柿《くろがき》家の壺のときは、当初は壺に取り憑いた邪霊が呪詛の元凶《げんきょう》だと思われた。でも、あれが呪詛をかけられた側の人間だとわかって、八尋は邪霊よりもまず呪詛を祓おうとしたのだ。でも、邪霊と呪詛はもはや一体化していて、邪霊に阻《はば》まれた。澪は神を降ろして、邪霊もろとも呪詛を消滅させた。——ならば、最初に黒柿家を訪れたときに、澪が神を降ろしていたら、どうだったのだろう。なにもわからない状態でも、祓えたのだろうか。

もし祓えていたのだとしたら、いまさっきの時点で、ここの呪詛は祓えているのではないのか。

「……神を降ろすのって、明確な『目的』がないと、だめなのかな？」

高良はなにも言わない。わからないというよりは、自分で答えを見つけろと言っているように思える。

「桂女の呪詛といっても、それがどうしてこんなところにかけられてるのか、何があったのかもわからない状態では無理なのかな」

澪はぶつぶつとつぶやく。澪が神を降ろすときは、たいてい命の危機を迎えている。手段はそれしかないのだろうか。さすがにそれでは、遠からず命を落としそうなのだが。

「たとえば、いまからわたしが改めて祓おうとしても、きっと神は降ろせない。そうだよね？」

澪の問いに、高良は「そうだ」と答えた。

「麻生田さんも、なにもわからないうちに祓うのは危険だって言ってた」

――来歴のわからんものをやたらに祓うわけにもいきませんので……

壺の件のとき、八尋はそう依頼主に説明していた。

――ほんで、調べます。わからんまま下手《へた》に手を出して、かえって事態が悪化したらあきませんから。

澪は八尋の言葉を胸のうちで反芻《はんすう》する。八尋はとても慎重《しんちょう》だった。澪のようなうかつな真似《まね》はしない。

「知らないとだめなんだね。事情もわからないまま手を出すのは、危険なんだ」

澪は橋のほうを見やる。しかし、事情など調べようがあるのだろうか。雲をつかむような話だ。

「この辺の地元のひとなら、なにかしら知ってるんじゃないか？」

漣が口を開いた。

「この辺のっていっても……」澪は周囲を見まわす。山のなかだ。「このさきにある集落もなくなったんだよね？　住んでるひと、いないんじゃないかな」

「地図を見たかぎりじゃ、ここの手前に小さな集落があったぞ」

「空《あ》き家《や》じゃないの？」

「行ってみないとわからん」

じゃあ行ってみるしかないか、と澪は高良をふり返る。

「あれっ」

だが、高良の姿はすでにそこにはなかった。於菟もいない。

「神出鬼没《しんしゅつきぼつ》だな」と漣はあきれたようにつぶやいた。

「……間違ってないってことだよね」

事情を調べる、という方向で合っているということだろう。

高良は澪に手を貸してくれている。危ういときには現れ、助言をして導く。高良は、澪が彼を祓うために本気で助力している。

――がんばらないと。

高良がその気なら、澪も応《こた》えなくてはいけない。

澪は漣とともに道をくだり、途中にあった脇道を入って、その集落に向かった。雑草が生い茂っているものの、道は舗装されており、タイヤの跡が残っている。住人がいるようだ。ゆるやかに曲がりくねる道を進むと、木々に囲まれた斜面に古い家屋《かおく》がちらほらと見えてくる。いちばん手前の家の敷地内に軽自動車がとめられていたので、漣はまっすぐ玄関に向かった。門や塀《へい》などはなく、玄関のガラス戸の脇に表札が出ているだけだった。鳴るのかどうかあやしいチャイムがついている。漣はそれを押したが、なかで鳴っている様子がないので、「ごめんください」と声をかけた。がたがたと物音がする。しばらく待っていると、ガラス戸が開いた。

「はいはい」と、のんびりとした声とともに小柄《こがら》な老人が顔を出した。頭髪はすっかり白く、眠たげな目をしょぼつかせている。

「どちらさん？　学生さんか？　道にでも迷たんか？」

歳のわりに声に張りがあり、元気よくぽんぽん訊いてくる。

「いえ、ちょっとお尋《たず》ねしたいことがあって」

「なんや、街に出る道順か？」

「いえ、そうではなく」

せっかちな老人相手に、漣は根気よく言葉を重ねて、橋について訊いた。

「ああ、あの橋。もう誰も使《つこ》てへんで、だいぶ昔からそやな」

「『だいぶ昔』というと」

「そら、昔や。儂《わし》の祖父《じい》さん祖母《ばあ》さんの若い時分から」

「……明治時代くらいですか?」

「そうそう。いや、違うか。祖父さんらも『昔から使われてへん』て言うてたんやから、江戸のころからとちゃうか?」

「使われてない理由というのは――」

老人は両手を前に出して、だらりと垂《た》らした。

「幽霊が出るちゅうて。女の幽霊」

「女の幽霊……」

「そやから地元のもんは誰も使わへん。なんて聞いたんやったか、桂女の幽霊て話やったと思うけど」

桂女の幽霊。漣がちらりと背後の澪をふり返った。

「男に裏切られて入水《じゅすい》した桂女が、恨《うら》んで出るちゅうて聞いたな。儂は近寄りもせんさかい、見たことないけどな」

――男に裏切られて入水した……。

澪の脳裏に、桂女の瞳がよみがえる。かなしみを湛《たた》えた、あの瞳。

「細かい話は、忘れてしもたな。とにかくあの橋には近づくなて、きつう言われてたんや。まあ、危ないから子供を近づけさせんための作り話やろ。小さい川に見えて、雨が降ると増水して危ないんや。あんたらも気ィつけや」

老人から聞ける話はそれで終《しま》いだったので、澪と漣は礼を言って敷地を出た。この辺りにある家は十軒にも満たず、うち半分は留守《るす》か空き家で、残りの家の住人で橋の幽霊話を知っているひとは老人に限られ、さきほど聞いたものと似たり寄ったりだった。騙《だま》されて首を吊《つ》っただの、金を奪われて殺されただの、細かな違いはあったが、共通するのは桂女の幽霊が出るということだった。

「なんにせよ、恨みをかかえて死んだ桂女がいたってことだろうな」

最後に話を聞けた家から道に出て、漣が言った。すこし前に八尋から連絡が入り、こちらに向かっている彼と道の途中で合流することになっている。

「たぶん、入水したっていうのが正解だと思う」

澪はつぶやく。

――水が恋しかろう。

そう言われて、澪は桂女に引き込まれそうになった。あのまま引き込まれていたら、橋から水中に身を投げていたかもしれない。そして引き込まれてしまったのが、喜美恵なのだ。

澪はあの桂女のまなざしが、忘れられない。静かで澄んだ、かなしげな瞳だった。水底に沈んでゆくような、深いかなしみを湛えていた。それは怒りなどよりもむしろ強く、澪の胸に刻《きざ》まれている。

「なにかつらいことがあって、入水した……」

——男に裏切られて？

クラクションが聞こえて、澪は足をとめる。すこしさきに八尋の車がとまっていた。

「あのおばあさん、大丈夫でしたか？」

車に駆けより、澪は運転席をのぞき込む。

「ロビーでしばらく話聞いてあげたら、ようなったわ。しゃべって楽になったんやろな」

「え？」

「ひとまず帰ろか。それとも橋に戻る？」

澪はしばし考え、「帰ります」と答えた。考えをまとめて、出直してきたほうがよさそうだ。玉青が作ってくれた弁当は、くれなゐ荘で食べよう。

「ほな、うしろ乗って。漣くんも」

うながされ、澪は漣とともに車に乗り込んだ。車をUターンさせて、来た道を戻りながら八尋は話しだした。

「あのおばあさん、古森富子《こもりとみこ》さんていうんやけど。富子さんが毎年花を供えに来とるんは、うしろめたいからなんや。喜美恵さんを裏切るような真似をしたから」

「裏切る？」

「喜美恵さんは、結婚相手とはべつに好きなひとがおったて聞いたやろ？　その好きなひとていうんが、富子さんのお兄さんやったそうや。富子さんが言うには――」

……喜美恵ちゃんとは、家が近所で、子供のころからの友人です。おたがいの家でよく遊びました。わたしには五つ上の兄がひとりいます。五つも上だと、子供のころはずいぶん年上に感じました。大人になると、たいして差のない年齢ですけれど……。

歳が離れていたせいもあるでしょうが、兄はやさしくて、よくお菓子や本をくれたり、勉強を教えてくれたりしました。それは喜美恵ちゃんに対してもそうです。もうひとりの妹のように思っていたそうで。……それは、兄側だけの気持ちだったわけですけど。

兄は大学進学で地元を離れましたが、ある年の盆休み、友人の和郎《かずお》さんをつれて帰省してきました。一週間ほどうちに滞在して、和郎さんは帰っていきました。それからときどき、長期休暇のさいに和郎さんが遊びにくるようになったんです。和郎さんは京都の材木商のひとり息子で、うちに来るときは毎回たいそうなおみやげを持ってきてくれました。喜美恵ちゃんに対しても。それも、わたしや兄にくれるようなお菓子や食品じゃなくて、宝飾品です。

そう、和郎さんは喜美恵ちゃんを見初《みそ》めたんです。喜美恵ちゃんは、きれいな子でしたから……。何度目かの来訪のとき、和郎さんは喜美恵ちゃんの親に結婚の打診をしました。当人を飛び越えて親にというのが、当時らしいというか、和郎さんらしいというか……。和郎さんの家は裕福でしたから、喜美恵ちゃんの親はそれはもう大喜びです。喜美恵ちゃんの実家は養蚕《ようさん》農家でしたが、そのころは斜陽になっていたうえ、蚕《かいこ》が病気にやられて大損害を出していて、そうとう内証《ないしょう》は苦しかったはずです。結婚話はとんとん拍子《びょうし》に進んで、喜美恵ちゃんは嫁ぐことになりました。

浮かれている親御《おやご》さんとは裏腹に、喜美恵ちゃんはずっと沈んでいました。喜美恵ちゃんが好きなのは兄だったから。結婚やめたら、とわたしは言いましたが、それは無理だと、喜美恵ちゃんはあきらめていました。両親が乗り気だし、なにより和郎さんの家の援助があれば、傾いた家業を立て直せるわけですから。でも、喜美恵ちゃんの親だって、なにも娘を人身御供《ひとみごくう》のように嫁がせる気はなかったと思います。そんなひどいひとたちじゃ、ありませんでしたから。でも、喜美恵ちゃんは結婚することを決めました。

祝言《しゅうげん》は春でした。わたしは喜美恵ちゃんの友人として、兄は和郎さんの友人として、祝いの席に加わりましたが、そのさなかにわたしは喜美恵ちゃんからこっそり手紙を渡されたんです。そこには兄への伝言が書かれていました。今夜、ふたりきりで会ってくれないか、というものでした。待ち合わせ場所はあの橋です。祝言は和郎さんの家で行われていて、深夜まで宴《うたげ》はつづくようでしたが、抜け出して会うつもりだったんでしょう。

別段、駆け落ちをするつもりはなかったようです。まあ、そもそもそういう仲じゃありませんでしたから。それは喜美恵ちゃんもわかっていたでしょう。ただ、思い出に告白でもしたかったのかもしれません。

……それでどうしたかって……。どうもしません。わたしは、兄に伝えませんでした。言えないでしょう、そんなこと。和郎さんは兄の友人です。なにか誤解されるようなことにでもなったら、困ります。思い出のためだけに、そんな……。だって、結婚をやめるならともかく、結婚はするんですよ。ずるいじゃありませんか。親のためだの家のためだの言っても、結局のところ、喜美恵ちゃんは和郎さんのところに嫁ぎたかったんですよ。お金持ちだから。彼女が気に入っていつもつけていたブローチ、死んだときも身につけていたものです、あれも和郎さんからの贈り物です。それをつけて兄に会うつもりだったんですから、ちょっと、どうかと思うわ。喜美恵ちゃんは昔っから、そういうところがあったから……。

自分が中心なの。相手が自分の思ってるようには思っていないってことが、考えられない子だったのね。相手の都合とか、気持ちとか、推《お》し量《はか》れないところがあって。悪い子じゃないんだけど。そう。べつに悪い子じゃないの。むしろいい子よ。でなきゃ、ずっと友達でなんていられないでしょう。

でも、あのときは正直、あきれてしまったわ。なに考えてるのかしらって。だから、……だから、兄に伝えなくて、伝えなかったことも喜美恵ちゃんには言わなくて、ほうっておいたの。勝手に待ち合わせ場所に行って、待ちぼうけを食えばいいって、そう思って。

……意地悪をしたと思うわ。魔がさしたの。でも……。

わたしのせいじゃないわよね？　だって、駆け落ちするわけでもなかったんだから、兄が来なかったからって、自殺しないでしょう？　やっぱり結婚がいやになったんだと思うの。みんな、夜更《よふ》けに用もなくあんな橋のところに行くわけない、身投げだろう、って言ってたわ。用はあったわけだけど。でも、足をすべらせた形跡もないから、自分の意思で川に飛び込んだのは間違いないの。だから、やっぱり結婚がいやになったのよ。きっと、暗い川を眺めているうちに。喜美恵ちゃんの両親が悪いんだと思うわ。気乗りしてないのは明らかだったのに、知らんぷりで結婚させて。

……和郎さん？　喜美恵ちゃんが死んだあと、べつのひとと結婚したわ。一年後くらいだったかしらね。垢抜《あかぬ》けした素敵なひとだったから、相手はいくらでもいたでしょうね。あのあと家を出て、家業は継がなかったみたい。喜美恵ちゃんが死んだところに、いたくなかったのかもしれないわね。それもあってか、集落はどんどん寂《さび》れていって、住むひとがいなくなって、なくなってしまった。あの橋も、そのうち朽ちてなくなってしまうのかしら。わたしはそれでも、お花を供えに来るつもりだけれど……。なぜって、かわいそうでしょう。わたしのほかに、誰があの子にお花を供えてくれるの？

ねえ、あの女の子は、ほんとうは喜美恵ちゃんの幽霊を見たんじゃない？　もしそうなら、どうしましょう。わたし、祟《たた》られるのかしら。大丈夫？　祟られるなら、もっと早くにそうなってるって……そうね、たしかにそうだわ。どうもありがとう。

「――とまあ、お礼言われたんやけど。話を聞くかぎり、喜美恵さんてひとはそこまで死ぬ気があったとも思えへんし、あの橋の邪霊に囚《とら》われてしもたってとこかな」

八尋は運転しながら、富子の話を淡々《たんたん》と語った。澪は感想を口にするのは控えた。どう言っても、富子を責める言葉になってしまいそうだったからだ。

――喜美恵さんは、富子さんに裏切られたんだ……。

いや、もしかしたら、富子さんのお兄さんに裏切られたと、そう感じたかもしれない。

澪の眼裏《まなうら》にまた、桂女のあの瞳がよみがえる。そこに、喜美恵の瞳が重なった。

「橋の邪霊については、なにかわかったん？」

「桂女の呪詛だそうです」

澪が言うと、

「桂女！　へえ、なるほどなあ」

八尋は妙に納得《なっとく》した様子だった。

「京都の桂におった巫女の一団やな。神功皇后《じんぐう》の侍女《じじょ》の末裔《まつえい》とか、海人の系統とかいうけど。ほんで京都の町で鮎や飴《あめ》を売ったり、出産のあった家で祝詞《のりと》を述べたり、辻占したり。若狭《わかさ》の八百比丘尼《はっぴゃくびくに》とか熊野《くまの》の歌比丘尼とかと似たようなもんやな」

「はあ」よくわからない、と思いつつ澪は相づちを打つ。

「桂に住んどったから桂女、ていうよりは、カツラをつけとったからやと思うけど。桂女は、頭に白い布を巻いとるやろ。あれは桂巻きて言う。カツラは物忌《ものい》みのしるしに被《かぶ》ったもんのことで、神に仕える者であることを示してるんや」

なるほど、と思う。たしかに、澪の見た女性は頭に布を巻いていた。

「わたしが見たのは、入水して死んだ桂女なんだと思うんですけど……さっき、橋で引き込まれそうになったので、水に」

八尋はちらりとルームミラーに目をやる。

「引き込まれそうに、て。軽く言うけど、漣くんなにしとったん」

はは、と八尋は笑うが、漣は顔をしかめた。

「ついてこなかったくせに……」

「『ついてくるな』て顔しとったくせに」

「……」

「はは、ごめんごめん。冗談《じょうだん》や。玉青さんには黙っといてな」

こういうところが、漣が八尋を嫌《きら》う所以《ゆえん》である。八尋もそれがわかっていて、わざと漣をからかっているふしがある。

「橋と水を使《つこ》た呪詛やな。どっちも呪術にはかかわりが深い。桂女は橋で辻占をしとったから、その桂女もそうやったんかな」

「橋で辻占を……」

「橋て、そういうもんやから。ふたつのべつの地域をつないどる、境にあるもんやろ。そういうとこは神さまを呼んでその神意を聞く場所でもあったし、それがもともとの辻占や。行《ゆ》き交《か》うひとの会話や足音に神意をさぐった。思案橋《しあんばし》、戻り橋、ささやき橋なんて名前は辻占からやな」

「へえ……」八尋はやはりこの手の話になると、頼りになる。

「橋の呪詛やったら、そやなあ、破ろうと思たら、力業《ちからわざ》でいけんこともない」

「力業？」

八尋は笑う。

「橋を落としてしもたらええ。川の水で流されると、清められる」

乱暴なことを言う。でも、あの朽ちかけた小さな橋なら、澪にもできそうな気はする。

「でも、橋って勝手に壊《こわ》したらだめでしょう。いくら使ってなくたって」

「そやな」と八尋はあっさり同意する。

「それに、橋を落としても、呪詛が消えたわけやなくて『場』が一時的になくなっただけやから、また橋がかけられたらあかん。呪詛はもとに戻る。あんまりええ解決法やないな。実際、あの橋も洪水で流されて、かけ直して、ってくり返しとるんかもしれんで」

なるほど。『場』が一時的になくなっただけ。そういう形もあるのか。

「たぶん、かけ直されたりはしてないんじゃないかと思いますけど……。近くの集落のひとが、あの橋には桂女の幽霊が出るって昔話があるって、教えてくれて。だから、地元のひとは近づかないんだそうです。流されたら、そのままになってそう」

「へえ、昔話。どんなん？」

「ひとによって、細かいところで差異はあるんですけど、桂女の幽霊が出るというのは共通してました。幽霊になった理由は、いろいろありましたけど。男に裏切られたとか、金を奪われて殺されたとか」

「口承《こうしょう》で残っとるんか、面白《おもしろ》いな。街から離れとるおかげかな。そのぶん過疎《かそ》になっとるんやろうけど」

八尋が最も食いついたのはそこだった。「僕もいっぺん行ってみよかな」などと言っている。

「ほんで澪ちゃん、どうするん？　祓えそう？」

「……わかりませんけど……、たぶん」

澪は車窓に目を向ける。自分の顔が薄く映り込んでいる。だが澪には、そこに桂女の瞳が映っているように思えた。

「たぶん祓える、気がします」

感覚的に口をついて出た、こころもとない返事だったが、八尋は意外にも「そんなら、大丈夫やな」とあっさり言った。

「そうですか？」

「蠱師の祓える、祓えへんは理屈やけど、巫女の神降ろしは、そういうんとは別次元やからなあ。神さまのお気の召《め》すまま。いけそうて思うんやったら、神さまがそう言うとるんや。知らんうちに神意を聞いとる。辻占とおんなじ」

そうなのだろうか。高良の話では、神さまの問題ではなく、巫女の問題のように思えたが。それとも、それはおなじことなのだろうか。巫女の問題が解決することが、神意に適《かな》うということなのか。わからないが、澪は、昔話や富子の話を聞いて、あの邪霊の根幹が見えた気がしたのだ。同時に、祓うまでの道筋《みちすじ》が見えた、そんな気が。

「ほな明日、また送ってったるわ。今日行ったとこまででよければ」

「いいんですか？　ありがとうございます」

「はは、師匠《ししょう》を仰《おお》せつかっとるからな。――漣くん、いま僕のこと『暇人《ひまじん》め』て思たやろ」

漣は明らかにうろたえて、「思ってません」と言った。

「反応が素直でええなあ」

八尋は楽しげに笑う。そうやってからかうから嫌われるのに……と思いながら、澪はふたりを眺めていた。

玉青の作ってくれた花見弁当は、具だくさんの海苔《のり》巻きと、いなり寿司だった。

玉子焼きにかんぴょう、きゅうり、いくらにサーモン。ぎゅうぎゅうに具が詰まった海苔巻きは、かなり大きい。いなり寿司は、くれなゐ荘にはじめて来たときとおなじものだ。甘めの煮汁《にじる》がしっかり染《し》み込んだいなり寿司で、すっかり澪の好物になっている。かんぴょう好きの漣も、満足そうだった。

澪と漣は、縁側に座って弁当を広げている。当初の予定とは違って花見にはなっていないが、まあそうなるだろうと予想はしていた。

くれなゐ荘に桜はない。朝次郎は桜が好きではないのだろうかと思ったが、くれなゐ荘は彼がはじめたものではなく、この家屋敷を建てたひとが桜を好まなかったのだという。たしかに、なんとなく桜の風情《ふぜい》はここにそぐわない気もする。代わりに咲くのが梅や椿《つばき》だった。いまは白地《しろじ》に赤の絞《しぼ》りが入った、変わった椿の花が咲いている。それを眺めながら、ふたりは弁当を食べた。

「八尋さんはああ言ってたけど、ほんとに大丈夫そうなのか?」

黙々《もくもく》と海苔巻きを食べていた漣が、ふいに言った。『根拠もなしに祓えそうとか言うな』などと怒られるかと思っていたので、問いかけられて澪は驚いた。

「大丈夫……かどうかは……、正直よくわかんない」

「だろうな」

澪のあいまいな返事にも、漣はそう言っただけだった。澪は漣の横顔をうかがう。こころなしか、漣は元気がないように見えた。

「……疲れた？」

漣は横目に澪を見やる。

「あれぐらいで、疲れるわけないだろ」

「疲れてるように見えるけど」

返ってくる言葉はない。ほんとうに疲れているのではないだろうか。漣は無言で湯呑みに手を伸ばし、お茶を飲んだ。

——疲れているというより、元気がないんだ。

澪は、ようやくそう気づくに至った。漣はどうやら、意気消沈している。漣がこれほど落ち込んでいるのはめずらしい、というよりもはじめて見るかもしれない。

「なんで落ち込んでるの？」

と訊くと、じろりとにらまれた。

「落ち込んでない」

「ふうん」

澪は今日のことをふり返ってみた。漣が落ち込むようなことがあっただろうか。

ろう。

——巫陽《ふよう》がらみかなあ……。

それくらいしか思い当たらない。漣は高良を嫌っているが、おそらく高良も漣をよく思っていない。相性《あいしょう》が悪いのだろう。八尋とはまた違った相性の悪さだ。

そういえば今日も高良に半人前と言われていた。あれは漣には手痛い言葉だった

「巫……高良に言われたことを気にしてるの？」

「気にしてない」

漣の否定形は肯定である。わかりにくいようで、わかりやすい。

「高良は一人前どころか百人前くらいのひとなんだから、それと比べたら誰だって半人前でしょ」

澪は、漣は蠱師としてじゅうぶんな能力があると思っている。高良の求める水準が高すぎるだけだ。漣にかぎらず、どんな蠱師も高良とおなじだけはできない。

「漣兄は高良のことが嫌いだけど、高良も漣兄のことを目の敵《かたき》にしてるとこはあるよね。言いかたがきついもん」

「いらつくんだろ。おまえにいちばん近いのに、役立たずだから」

漣の口調は、ムスッとした様子もなく静かだった。かなりへこんでいる。澪は黙

った。澪も漣も、おたがいを励ますのは苦手である。

漣は食べ終えた弁当の蓋を閉じ、脇に置く。湯呑みをとろうとして、手をとめた。その隣に、狸《たぬき》がいたからだ。

「照手《てるて》、いたのか」

小柄で、ふさふさとした褐色《かっしょく》の毛並み、つぶらな瞳。澪の職神、照手である。照手は視線を弁当箱に向けている。一歩、二歩と慎重に近寄ってきた照手は、ふんふんと鼻をひくつかせて弁当箱を嗅《か》いだ。

「……食べ物をやってるのか？」

「まさか。食べないよ、職神だもん」

「だよな」

照手は弁当箱を嗅ぐのに飽《あ》きたのか、漣のほうに寄ってくる。漣のにおいをちょっと嗅いで、膝に前脚《まえあし》をのせたかと思うと、ひょいと飛び乗った。なおも服のにおいをしきりに嗅いでいる。

「颪《おろし》や朧《おぼろ》のにおいが気になるのかな」

いずれも漣の職神である。狼なので、狐同様、狸もいやがりそうだが。

「においとか、するのか？」

「さあ」

においを嗅いでいるからには、わかるのだろう。照手は気がすんだのか嗅ぐのをやめて、漣の膝の上で丸くなった。寝る態勢だ。

「寝るのか」

「照手はよく縁側で寝てるよ」

「……こいつは職神としての力があるのか?」

「知らない。あると思うけど」

「おまえな……」

漣はため息をついたが、膝の上で寝息を立てる照手を起こそうとはせず、ただ困ったように見おろしていた。

翌日、澪と漣はふたたび八尋の車で橋へと向かった。昨日とおなじ、橋の手前の林道に八尋は車をとめる。

「八尋さんも来てくれませんか」

漣がそう頼んだので、澪は驚いた。

「なんや、漣くん。ずいぶん殊勝《しゅしょう》やな」

八尋は笑うが、漣は笑わなかった。

「俺だけじゃ、いざってとき、澪を守れないので」

「ははあ」

八尋はすこし頭をかいた。

「昨日言うたこと、気にしとるん？　悪かったなあ。まあでも、僕は行かへんよ」

「なんでですか」

「君がおったら大丈夫やと思とるからやけど。一応、松風もつけとるし」

「でも――」

「君はなあ、力はじゅうぶんあるけど、経験が足りへんから、それを積んでったほうがええ。頭さげてでも僕を頼ろうとしたんはええことやけど、まずはひとりでやってみ。大丈夫やから」

漣は複雑そうな顔で八尋を見ていたが、やがて小さくうなずいた。

「ほな、行っといで」

八尋に送りだされ、澪と漣は橋を目指す。川のせせらぎが聞こえ、そのうち緑の合間に薄紅の色が見えてくる。あの桜だ。

橋が近づくにつれて、黒い陽炎がくっきりと際立《きわだ》つ。まわりの風景に溶《と》け込むことなく、そこだけ焼け焦げたように黒々としている。

欄干に、富子の供えた花がぽつんとあった。花弁が風に揺れている。橋の手前まで来て、澪は立ち止まった。

「……で、どうするんだ？」

背後に漣が立ち、肩に提《さ》げていた袋から杖刀をとりだす。

「どうする、というか……」

具体的に、なにをどうしたらいい、という腹案が澪にあるわけではなかった。

「ここまで来て、なにぼんやりしたこと言ってんだ」

いつもの漣である。だって、と言い返そうとしたとき、一陣の風が吹きつけた。桜の枝がしなり、こすれ合い、ざざ、と音を立てる。薄紅の花が散って、あたりを舞う。乾《かわ》いた音がして、澪の足もとに折れた枝が一本、落ちた。桜の花をつけた、細い枝だった。澪はその枝を拾う。

体の内を、清々《すがすが》しい風が吹き抜けた気がした。鈴の音が鳴る。まだ雪丸《ゆきまる》を呼んでもいないのに。

――神意。

そうか、と思った。これだ。

澪は桜の枝を手に、橋へと一歩踏みだした。桜が舞う。あたり一面を覆う。淡く染めた紗《しゃ》を折り重ねたようだった。澪が歩を進めるたび、花は吹き飛び、消えてゆく。橋のなかほどまで来ると、舞い散る花の向こうに女の姿が見えた。髪を白布で覆った、小袖姿の女。桂女だ。やはり静かな瞳で澪を見ている。

澪の脳裏に、ひとりの男の姿がよぎる。知らない男だった。

――庄屋の倅《せがれ》。

はっと、桂女を見る。いまのは彼女が発した言葉だった。

――夫婦になる約束を……。でも……。

やわらかな声だった。だが、深い哀《かな》しみに沈みきった声でもあった。

――山門《さんもん》との諍《いさか》いがあって……呪詛を頼まれた……。

言葉は切れぎれで、はっきりと聞きとれないにもかかわらず、不思議と澪には事情が理解できた。

桂女は、結婚する約束を交わした庄屋の息子に頼まれて、敵対する相手を呪詛した。しかし約束は呪詛を行わせるための嘘に過ぎなかった。

――寺の法師に呪詛を返されて……わたしは死んでしまった。

犬に咬《か》み殺されたような傷を負った桂女の姿が、澪の脳裏に浮かぶ。桂女は血まみれのまま、橋から身を投げて水に沈んだ。桜の花弁が、夜の川に落ちて流れてゆく。しばらくして、水面から白い手が伸びて、橋の杭《くい》に爪《つめ》を立てる。もう片方の手が水面から現れ、やはり杭に爪を立てた。爪痕《つめあと》から黒い陽炎が立ちのぼり、橋を徐々に覆ってゆく。

――どうしてこんな仕打ちを受けるのか。わたしが浅はかだったから？　騙した男は憎い。けれど、それさえもはやどうでもいい。寺の法師でも、神でも仏《ほとけ》でもなんでもいい、教えてほしい。なぜわたしがこんな目に遭《あ》うのか、理由を。

「どうして……」

か細い声が足もとから聞こえて、澪は下を向く。水色のカーディガンを着た女が、澪の足首をつかんでいた。女は全身、ずぶ濡れだった。

「どうして……」

女の爪が足首に食い込む。澪は痛みに顔をしかめ、思わず叫んだ。

「……お兄ちゃん！」

その悲鳴が終わるか終わらないかのうちに、ひゅ、と刃《やいば》が風を切る音がした。女の腕が切り落とされ、黒い陽炎となり、消え失《う》せる。次いで女の姿も、泣き叫ぶ声とともに消えた。

漣が杖刀を手に、立っている。彼は四方に目を走らせた。

「湧《わ》いてくるぞ」

その言葉どおり、橋の下から黒い陽炎が噴煙《ふんえん》のように湧き上がってきた。それは橋の欄干に絡《から》まると、いずれも腕へと変じた。濡れきった青白い腕だった。手が欄干をつかみ、爪を食い込ませ、揺すりだした。橋が揺れる。よろけて欄干にぶつかった澪を、白い手たちがつかむ。

「痛っ……」

手が澪の髪を引っ張った。髪どころか、頭までひきちぎられそうな力だ。この腕はすべて、桂女に引きずり込まれた者たちか。

杖刀が一閃《いっせん》し、髪をつかむ力が消える。澪は橋の上に倒れ込んだ。澪を捕まえようとする手を、漣が片端《かたはし》から斬《き》ってゆく。澪の視界に、握りしめたままの桜の枝が映る。

――そうだ、神さま。

澪はよろめきながら立ちあがり、桂女に相対《あいたい》した。桂女の瞳は、深い色でありながら、どこまでも澄んでいる。清らかな水底のようだった。

――かなしい瞳だ。

裏切られた者の、孤独でさびしい瞳だ。澪は、ほかにそういうひとを知っている。

高良だ。

裏切られたと思い込み、愛する者を呪詛の輪に引き込み、彼はずっと苦しんでいる。

高良を知っているから、澪は、桂女が受けた傷の深さがわかるように思えたのだ。

澪は桜の枝を目の前にかざした。木や石は神の依り代《よりしろ》になるのだと、子供のころ、伯父に聞いたことがある。桜の枝が澪の前に落ちたのは、きっと、神がやってくる前触れだ。澪はそう感じた。

「雪丸」

宙《ちゅう》に白い狼が現れる。狼はくるりと回り、鈴に身を変じた。澄み渡った音が鳴り響く。白い光があたりに満ちる。

桂女が手を伸ばし、澪のかざした桜の枝に触れた。桜の舞い散るなか、橋の上で約束を交わした男女の姿が、一瞬だけ頭のなかに浮かんで消えた。

澪は枝を桂女に渡す。桂女は、頭に巻いた布のあいだに枝を挿《さ》し込んだ。

鈴が鳴る。桂女の姿が、白い光のなかで薄れて、おぼろげになってゆく。またひとつ鈴が鳴り、桂女の姿は消えた。

視界が桜の花弁に覆われる。風が花を巻きあげ、散らし、吹き飛ばした。

気づくと澪は橋の上にいて、ただ川のせせらぎが聞こえるばかりだった。ふり返れば、漣が杖刀を鞘《さや》に収めている。桜の木はまだ三分《さんぶ》咲き程度で、散ってはいなかった。

はらりと頬《ほお》に触れたものがあり、指でつまむ。桜の花弁だった。

「終わりました」

車に戻り、八尋にそう告げると、「お疲れさん」という言葉が返ってきた。

「大丈夫やったやろ？」

と八尋がふり返り言った相手は、澪ではない。漣だ。漣は目をそらしつつも、

「はい」と素直に答えていた。

座席に落ち着くと、途端《とたん》にだるさが襲《おそ》ってくる。ぐったりと席にもたれかかり、澪は口を開いた。

「麻生田さん、『山門』ってなんですか？」

「『山門』ていうたら、江州《ごうしゅう》山門、比叡山延暦寺《ひえいざんえんりやくじ》のことやな」

桂女の言っていたことを話すと、八尋は解説してくれた。

「一乗寺村と修学院《しゅうがくいん》村は、山境のことで延暦寺と揉《も》めたことがあったから、それやろか。あれは江戸時代の、いつごろやったかなあ。寛文《かんぶん》とか、その辺やったと思うけど。結局、山境は村の主張が認められたはずやけど、それまでにいろいろあったんやろな。しかし、比叡山相手に呪詛はなあ。そら、返されるわ。敵に回したらあかん」

「そうなんですか」

「密教僧と陰陽師《おんみようじ》とは、極力ぶつかるんを避けたほうがええで。めんどいで。あとはまあ、よその蠱師もやけど、なかでも和邇《わに》な」

「和邇……和邇学園の」

「そう、千年蠱《せんねんこ》の支援者の。あっちは蠱師でも、僕らとはちょっと違う」

和邇も蠱師なのか。ふつうのひとたちだと澪は思っていた。澪は、高良の世話役だと言っていた、黒いスーツの青年を思い出す。あのひとも蠱師なのだろうか。

「ま、おいおいわかるやろ。めんどい言うても、いずれはかかわることになるやろうから」

八尋は軽く言い、笑った。予言のようだと、澪は思った。

桜が五分咲きになったころ、澪は漣とともに散歩に出かけた。漣とはこうして、しばしば散歩する。春休みで、あまりすることがないせいでもある。

玉青に近所の圓光寺《えんこうじ》に桜が咲いていると教えてもらったので、ふたりはそちらに足を向けた。先日までの陽気が一転、このところ寒《かん》の戻りで、肌寒い。澪は黒いタートルネックのニットを着て、漣は白いカットソーの上にグレーのジャケットを羽織っている。

「近所の散歩くらいなら、ひとりで大丈夫なのに」

澪が言うと、

「玉青さんに言えよ」

と言われた。

「言えないから、漣兄に言ってるの」

「開き直るな」

ふいに冷たい風が吹いて、澪はぶるりと震えた。持っていたストールを身にまとい、腕をさする。くれなゐ荘を出るとき、「なにか羽織るものを持っていけよ」と漣に言われてストールを手にしたが、言うことを聞いておいてよかった。

拝観料を払ってお寺に入ると、思っていた以上に見事な桜の庭があった。大きな枝垂《しだ》れ桜は、下から見あげると迫力さえある。五分咲き程度でも、じゅうぶんきれいだ。澪は、むしろ満開のときよりもこれくらいのほうが好きだなと思った。昔から、満開の桜はあまり好きではない。怖《こわ》い気がするからだ。

「おまえ、桜って苦手じゃなかったか?」

桜の下を歩きながら、漣が言った。ここは紅葉が有名な寺で、秋は観光客がいっぱいだったが、いま、境内《けいだい》にひと気はない。平日の朝早い時間だからか、ちょうどひとの切れ目だったのか。

「苦手ってほどじゃ……。満開だとちょっと怖い」

「怖い? なんで」

「花にくるまれて、どこかへつれていかれそうな気がするから」

漣は立ち止まり、桜の蕾を見あげた。

「花は神の依り代だからな」

と言ったのは、漣ではない。澪も漣も、はっとした。枝垂れ桜の枝の向こうに、高良がいた。

「いつも急に現れるんだから……」

あきれる澪の言葉を無視して、高良は近づいてきた。相変わらずの制服姿で、カーディガンの濃紺《のうこん》が薄紅の景色《けしき》のなかで際立っている。しかしそれ以上に、高良自身が桜に映えていた。この時季の主役である桜さえ、高良を前にすると背景に過ぎない。

「桜の枝を使ったのは、いい判断だったな」

このあいだの、桂女の呪詛についての評価だろう。

「あれは、枝が足もとに落ちてきたから。正解だった？」

高良はうなずく。

「巫女は、神意を読みとれなくては務まらない。ひとや鳥の声、露《つゆ》の置きかた、霜《しも》の降りかた、あらゆるものに神意は宿る。巫女の力が足りなければ、見過ごしてしまう」

「神意って、いつもわかるもの？」

「だから、巫女次第だ」

難しい。常にできる自信は、澪にはない。でも、毎回できるようにならないといけないのだろう。

「わかった。がんばる」

そう言うと、高良は、すこし笑ったように見えた。

「あのね、前の壺のときも、今回も、助けてくれてありがとう」

高良は、澪の顔をじっと眺めて、目を伏せる。桜が彼の顔に影を落とす。澪は、高良が桜にくるまれて、さらわれてしまいそうな、そんな気がした。

「……あなたって、呪《のろ》いをわたしが祓ったら、どうなるの？」

高良がけげんそうな顔をする。

「前に言わなかったか。消滅する」

「それは、聞いたけど……なんていうか、あなたの精神というか、あと肉体とか」

「俺自身が千年蠱であり、魂魄《こんぱく》も肉体も一体だ。祓うというのは、俺を消滅させることだ」

澪は口を閉じ、足もとに目を落とした。風に散らされた桜の花弁が、誰かの靴《くつ》に踏まれてちぎれている。

「迷わなくていい。俺を殺せ」

その声に顔をあげると、高良の姿はすでにそこになかった。枝垂れ桜と水色の空だけが見えている。

――これも、何度もくり返されたやりとりなのだろうか。

澪、いや多気《たき》の生まれ変わりは、何度もおなじように迷ってきたのだろうか。

『迷わなくていい』というのは、そんな暇はないということか。

――でも……。

高良は澪と会うたび、傷ついているように見える。さびしくて、かなしい風が彼から吹いている。

「澪」

漣の声にわれに返る。ふり向くと、漣はひとつ奥の桜の下にいた。高良と話しているあいだ、離れていたらしい。なぜだろう。

「帰るか」

「……うん」

また冷たい風が吹き抜けて、澪はストールを握りしめた。

＊

「花冷えやなあ」

八瀬《やせ》の屋敷の庭に咲く桜を見あげ、秋生《あきお》が言った。正確には、秋生の幽霊だ。彼は藍紬《あいつむぎ》の袖口に手を入れ、寒そうに肩をすくめている。

「幽霊のくせに、花冷えもなにもないだろう」

縁側に座った高良が言うと、

「いやいや、幽霊になっても暑さ寒さは感じるんや。記憶の再現なんとちゃうやろか」

「つまりは、気のせいということだな」

「そんなん言うたら、生きてるひとかて気のせいのこと多いんちゃう?」

「おまえは死んでも口が減らないな」

高良があきれても、秋生はうれしげに笑っている。秋生——忌部秋生は、高良が前世で出会った蠱師であり、友人だった。成仏《じょうぶつ》したはずが、遺骨をここの庭に埋めたら、ふたたび現れた。高良が心配だという。

「あの子は元気やった? 澪さん」

「……元気そうだった」

「ほな、よかった」

高良は、邪霊に襲われていまにも倒れそうな澪を見ると、胸を何度も引き裂《さ》かれる心地《ここち》がする。いや、倒れそうでなくとも、澪を前にすると、平静ではいられない。ずっと殴《なぐ》られている気分だった。いっそ殴られたほうがましだ。罪悪感と苛立たしさと、かなしみと。そんなものがない交ぜになって、胸のうちでは嵐が吹き荒れている。『ありがとう』などと言われると、よけいに苦しくなる。澪の苦しみのすべては、高良のせいなのだから。

いくら怒りにわれを忘れたとはいえ、なぜ多気にあんな呪いをかけることができたのか。あのときの自分は、邪霊そのものだったろう。忌《い》まわしき千年蠱。いちばん厭《いと》わしく思っているのは、自分自身だ。

「澪さんは、胆力《たんりょく》があるし考える頭も持ってはる。たぶん、君が思うより働けるおひとや」

「楽観的だな、あいかわらず」

それで死んでいるのだから、世話がない。

「賭《か》けてもええで。あの子はやってくれはる」

「なにを賭けるんだ、幽霊が」

秋生はにこりと笑った。

「照手を」

高良は目をみはった。「まさか……」

「照手をあの子につけてる。助けになるはずや」

「それはそうだろう。忌部の守り神だ。おまえの死後、あれを手なずけられなかったから、忌部はだめになったんだ」

——そうか。照手が……。

あれが澪を守ってくれるなら、いくらか安心できる。

高良がひっそり安堵《あんど》の息をついたとき、廊下を歩いてくる足音が聞こえた。秋生がつと姿を消す。角《かど》を曲がって縁側に現れたのは、青海《あおみ》だった。青海は音を立てずに動くよう和邇本家に厳しくしつけられているが、高良が「足音を消して近づくな」と命じたため、わざわざ音を立ててやってくる。

青海は高良のかたわらに膝をついた。

「高良さま、すこしよろしいですか」

「なんだ」

秋生は青海が苦手らしく、青海が現れると姿を隠してしまう。

「澪さんに、波鳥《なとり》を護衛としてつけます」

高良は眉をひそめた。

「叔父が澪さんを警戒して、監視役をつけるよう命じられました。場合によっては始末しろと――」

――俗物め。

高良は舌打《したう》ちする。和邇が澪を警戒するのは、高良と澪が手を組み世に害をなすのをおそれてという意味ではない。澪が高良を祓ってしまうのをおそれているのだ。千年蠱を利用できなくなっては、困るからである。

怒りを露《あら》わにする高良に、青海は片手をあげて制する。話を最後まで聞けということだ。不遜《ふそん》なしぐさに高良は不愉快になったが、無言でさきをうながした。

「その監視役の選定は私に一任されました。そばで生活できる同い年の女がいいだろうと、私は波鳥を選びました。叔父は納得しています」

高良は青海の顔を眺める。感情の読めない顔だ。

「さきに、護衛と言ったな」

そう言うと、青海はうなずいた。

「監視役の名目《めいもく》で、波鳥を護衛につけるというのか」

「そのとおりです」

「なぜ」

「それが高良さまのためだと思うからです」

理解できない。高良の味方をしようという顔ではない。もっとも、味方になると言ってくる者ほど、信用できないものはないが。

「私は高良さまの世話役ですから、叔父の利益ではなく、あなたのために働きます」

なにかほかに理由があるな、とは思ったが、いま重要なのは、澪である。澪の安全は確保せねばならない。邪霊からも、ひとの手からも。

「……波鳥は、護衛になるのか？　あのたいして力もない小娘《こむすめ》だろう」

「盾《たて》くらいにはなりましょう」

高良は顔をしかめた。

「おまえの妹だろう」

そう言うと、青海は不思議と、淡《あわ》く微笑した。

「高良さま。あれはそうそう貫《つらぬ》けぬ盾ですから、ご心配には及びません」

＊

入学式のころには、桜は盛りを過ぎていた。

漣は東山《ひがしやま》駅を出ると、入学式の会場である京都市勧業館に向かうため、白川《しらかわ》沿いの細い道を選んで北へと向かった。平安神宮のある方角だ。川沿いに並んだ桜が圧巻で、はらはらと花弁が水面に落ちるさまが美しい。観光客がしきりに写真を撮っている。

「なあ、ちょっと、ごめんやけど」

声をかけられて、漣は足をとめる。グレーのスーツに身を包んだ青年が、困った顔をしていた。新入生だな、と見当がつく。漣もおなじようなスーツ姿だからだ。会社員とも就活生《しゅうかつせい》とも雰囲気が異なるので、すぐにわかる。

「君も新入生やろ？　俺、大阪から来てるんやけど、道がわからんようになってしもて。一緒についていってもええ？」

おっとりとした、穏《おだ》やかな口調だった。

「どうぞ」

漣は短く答える。しかし、声をかけずとも周囲に入学生らしき男女は多くいるので、流れに沿って歩いていけばいいだけだろうに、とも思う。

「助かるわ、ありがとう。ひとりやと不安やってん」

ほっとした様子で青年は漣の隣を歩く。品のよい、整った顔立ちの青年だった。すらりと背が高く細身で、均整のとれた体つきをしている。やわらかな笑みを浮かべているので、人懐《ひとなつ》こさも感じられた。逆に、漣は明らかに話しかけづらい仏頂《ぶっちょう》面《づら》だ。なぜよりによって自分に話しかけたのか、漣にはわからなかった。

「俺は日下部《くさかべ》。日下部出流《いずる》ていうんやけど、君はなんていうん？」

「麻績」

「麻績くん。下の名前は？」

「漣。サザナミで漣」

「かっこええな。あ、出流は出る流れて書くねん。せやから麻績くんとは、さんずい仲間やな」

「さんずい仲間……？」

なんだそれは、と思う。風が吹き、水のにおいが濃くなって、漣は川を眺めた。

川面《かわも》が陽光に輝き、そこに桜の花弁が落ちる。花弁は流れに揉まれて沈んでいった。

龍神の花嫁

桜の花が散るころ、新学期を迎え、澪《みお》は高校二年生になった。

「新学期早々テストとか、いややなあ」

始業式を終え、教室に戻りながら、茉奈《まな》がぼやく。澪は茉奈とまたおなじクラスになれたので、それだけでほっとしていた。

「赤点とか追試とかないぶん、まだいいんじゃない？」

休み明けには毎回、実力テストがある。休み中にちゃんと勉強するように、ということだ。

「澪ちゃんはどっちみち、赤点なんかとらへんやろ。あたしはテストていうだけでいややわ」

茉奈は大げさにため息をつく。澪はちょっと笑って、窓に目を向けた。中庭の桜が見える。もう九割がた散ってしまい、地面に落ちた花弁が風に吹きあげられている。視線をあげると向かいの校舎が目に入り、おや、と澪は足をとめた。

コの字形になった校舎の向かい側は家庭科室など特別教室の棟《むね》で、ふだん生徒はいない。ましてや、始業式の今日などはなおさらだ。だが、いまその棟の廊下を走っている女生徒がいる。遠目で顔かたちはわからないが、しきりにうしろを気にして、逃げているような雰囲気があった。澪は彼女がふり返るさきを目で追い、あっ、と声をあげそうになるのをこらえた。

——邪霊《じゃれい》がいる。

黒い陽炎《かげろう》が、すべるように女生徒のあとを追いかけていた。それがわかった瞬間、澪は駆けだしていた。

「えっ、どこ行くん？」

「ちょっと用事！」

生徒たちの波をすり抜け、澪は渡り廊下へと走る。向かいの棟とこちらをつないでいる通路だ。渡り廊下の入り口に至ると、奥のほうに女生徒の姿が見えた。こちらに向かって走ってくる。そのすぐうしろに、邪霊がいた。黒い陽炎が揺らぎ、ひとの手が現れる。まだ遠くにあるのに、その爪《つめ》に塗《ぬ》られたワイン色のネイルが妙にくっきりと見えた。逃げてくる女生徒の顔には、恐怖が貼りついている。

「雪丸《ゆきまる》！」

澪がひと声呼ぶと、ひゅっとそばを風が通り抜ける。白い風だ。狼《おおかみ》の姿が見えたと思ったときには、雪丸はあっというまに女生徒の背後にいる邪霊に飛び込み、それを食いちぎっていた。女とも男ともつかないうめき声があがり、邪霊は姿を消す。女生徒が足をもつれさせて転《ころ》んだ。

「大丈夫？」

澪は女生徒のもとへと駆けよる。小柄《こがら》な少女で、つややかな栗色《くりいろ》の髪を肩の上で切りそろえている。怖《こわ》かったのだろう、少女は泣きじゃくっていた。手を貸して、起きあがるのを助ける。立てないのか、うずくまったまま泣いていた。

「さっきの、あれ、見えてたんだね」

そう確認すると、少女はうなずいた。

「こ、校舎を歩いてたら……、急に」

澪はハンカチをさしだす。少女はためらったが、結局受けとり、涙をぬぐった。

「あ……ありがとう、ございます」

まだすこししゃくりあげつつも、少女は顔をあげて礼を言った。

──きれいな子だな。

と澪は思った。目が涙で濡《ぬ》れて鼻も赤いが、それでも整った顔をしているのはわかる。瞳《ひとみ》の色素がすこし薄い。涼《すず》しげな目もとで、鼻筋《はなすじ》が通っている。誰かに似ている、と思ったが、誰だか思い出せなかった。おとなしそうな子だ。

「一年生？」

少女は首をふった。「二年生です」

てっきり年下だと思っていたので、驚く。こんな子、おなじ学年にいただろうか。

「あの……、麻績《おみ》澪さん、ですよね」

おずおず、といった様子で少女が言う。

「はあ、そうですけど」

「わたしは、和邇《わに》波鳥《なとり》といいます」

――和邇。

その苗字《みょうじ》を聞いた途端《とたん》、思い出した。この少女が誰に似ているのか。高良《たから》の世話役の、和邇家のひとだ。たしか名前は、青海《あおみ》。

「和邇……青海さんの、知り合い？」

少女の顔が、ぱっと明るくなった。何度もうなずく。

「兄を、ご存じですか。あ、わたしは妹なんです。澪さんの護衛をするよう言われて――」

「え？　護衛？」

いきなりなんの話だ、と思う。

「護衛です。それで、転校してきました」

「えっ」

「いままでは和邇学園にいたんですけど」

「……わざわざ？　転校？」

「兄がそう言うので」

「ええ……？」

よくわからない。なぜ和邇のひとが澪の護衛をするのか。青海の指示でというのもわからない。

「ともかく、立って。ホームルームがあるから、教室に戻らないと。何組？」

「二組です」

「いっしょだ」

「はい」当然だ、というように波鳥はうなずいた。

「くわしい話はあとで訊《き》くけど、あなた、邪霊は祓《はら》えないの？　和邇家のひとも、蠱師《まじないし》だって聞いたけど」

「わたしはだめなんです。見えるけど、祓えません。役立たずなので。すみません」

波鳥は恥ずかしそうにうつむく。

——それで護衛って……？

ますますわからない。なんなのだろう。

「……同い年なんだから、敬語じゃなくてよくない？」

「すみません」波鳥はうろたえている。「あの、でも、兄がくれぐれも失礼のないようにと」

「べつに失礼じゃないけど」

波鳥は迷っているようだった。兄の言いつけと、澪の言うことと、どちらを聞けばいいのか、にだろうか。

「……まあ、なんでもいいけど」

澪が言うと、波鳥は明らかにほっとしていた。

——ちょっと、変わった子だな。

と思いつつ、教室に戻った。

「えっ、転校生ちゃん、澪ちゃんの知り合いやったん？」

実力テスト後、澪のもとに茉奈と波鳥が同時に寄ってきて、顔を合わせた。

ホームルームで波鳥は紹介されていたが、ああいう場面は苦手《にがて》なのか、水に濡れたチワワのように震えていた。

「和邇波鳥です」

「難しい名前やんなあ。ワニさんてなんでワニいうん？　ワニってあのワニ？」

茉奈は両手を上下に合わせる手振りをする。鰐の口のつもりらしい。

「いえ、あの、もとは鰐積《わにつみ》というらしいんですけど、そこから和邇になって、あ、ワニという字もいろいろあるんですが」

「なんやようわからへんな。波鳥ちゃんでええな」

ざっくり波鳥の説明を切り捨て、茉奈はそう決めた。

「波鳥って名前、澪ちゃんとおなじで海っぽいな。親戚？」

「いえ、親戚ではないですけど、近いです」

「えっ、近いってなに」と口を挟《はさ》んだのは澪である。

「麻績さんも和邇も、海人《あま》族です」

「え……そうなの？」

「そうです」

「麻績は、麻績王《おみのおおきみ》の末裔《まつえい》なんじゃ……」

「言い伝えによると、母方の血ですね、海人は」

「アマってなに？　尼？」茉奈がきょとんとしている。

「海辺に生活していたひとのことです。海女《あま》さんって、いまでもいるでしょう」

「ああ、海に潜《もぐ》る海女さん」

「わたしたちの名前が海にちなんでいるのは、海人族だからです」

――そうなのか。

知らなかったことがざくざく出てきて、澪は混乱する。

「ほんで、波鳥ちゃんは澪ちゃんの知り合いってことでええの？」

「知り合いというか、護衛――」

澪は波鳥の袖《そで》を引っ張った。が、波鳥には通じていない。「なんですか？」

「波鳥ちゃん、なんで敬語なん？」

「兄の方針で」

「お兄ちゃんいはるん？　そんな厳しいひとなん？」

「兄は高良さまの――」

「わたし、バスの時間あるから行くね」

澪は波鳥の言葉を遮《さえぎ》って、席を立った。波鳥も護衛というなら、澪についてくるだろう。そう思ってのことである。これ以上、茉奈と会話させるとなにを言うかわからない。

やはり、波鳥はあわてて鞄《かばん》を手についてきた。

「お供《とも》します」

――お供って。

時代劇じゃあるまいし、と澪は額《ひたい》を押さえる。どうも、ずれた子だ。

「じゃあ、また明日ね、茉奈ちゃん」

「うん、ばいばい」

元気よく手をふる茉奈に笑《え》みを返し、澪は教室を出る。波鳥はそのあとを足早に追いかけてきた。

「あのさ、蠱師のこととか家のこととか、話題にしないでくれる？」

澪が釘《くぎ》を刺すと、波鳥は目を丸くしていた。

「すみません、てっきり、茉奈さんはそういうことご存じなんだと思ってました」

「ああ……」

だからか。「茉奈ちゃんは知らないよ。というか、知ってても人前ではやめて」

「わかりました」

波鳥はおとなしくうなずくが、ほんとうにわかっているのかあやしい。

靴《くつ》を履《は》いて校門を出たあと、バス停に向かう。波鳥もくっついてくるので、「家はどこ？」と訊いた。

「修学院《しゅうがくいん》のほうです。そこに和邇家の別宅があるので」

ではバス通学か。

「途中まで一緒になるね」

「いえ、わたしも一乗寺《いちじょうじ》でいったん降りて、澪さんをくれなゐ荘まで送ります」

「えっ……、なんで」

「護衛ですので」

「……その護衛っていうの、なんなの？　だって、あなたは邪霊が祓えないんでしょ？」

波鳥は困ったように澪を見あげた。小柄な波鳥は、長身の澪よりおそらく十センチ程度背が低い。

「お聞きではないですか。叔父《おじ》は……和邇本家の当主は、高良さまを祓われると困るんです。だから、それが現実味を帯びてきたら、たぶん、叔父は澪さんを亡き者にします」

澪は唖然《あぜん》とした。――なにそれ。

「いまはちょっと警戒してるくらいだと思いますけど……澪さんに監視役をつけるように兄が命令されて、それならと、わたしに役目が回ってきました」

「あなた、監視役なの？」

「いえ、護衛です」

「……よくわからないわ」

波鳥はうなだれる。

「ごめんなさい、わたし、説明が下手《へた》で。兄ならうまく言えると思うんですけど……」

澪は頭のなかを整理する。

「つまり、監視役の名目《めいもく》で、わたしをあなたの叔父の手から守ってくれるってこと？」

ぱっと波鳥は顔をあげた。「そう、そうです！　頭いいんですね、澪さん」

「……あなたって、そういう意味で強いの？　空手《からて》やってるとか、護身術の心得《こころえ》があるとか」

波鳥は首をふった。

「じゃあ、なんであなたなの？」

「兄が、わたしが適任だと……」

――ますますわからない。

だが、あのいかにも有能そうな青年が無駄なことをするとも思えない。なにか理由があるのだろう。彼に尋《たず》ねる機会はあるのだろうか。高良に訊けばいいのか。

――いや、そもそも、これは高良の差し金なのか？

そうかもしれない、と澪は思い、すこし納得《なっとく》した。波鳥に訊いても埒《らち》があかないだろうから、今度、高良に会ったときに訊けばいい。

「わかった。この話はもういいわ」

と話を切り上げると、波鳥はいくらかさびしげな顔をした。「すみません、役に立たなくて……」

澪は波鳥をまじまじと見る。

「あなたの話が役に立つか立たないかなんて、わたしの都合に過ぎないんだから、べつにあなたが申し訳なく思う必要なんてないでしょ」

波鳥は顔をあげる。

「……わたしが言うことでもないけど、その、あなたの『役立たず』みたいな発想って、なんなの、お兄さんがそう言うの？」

「違います」波鳥は勢いよくかぶりをふった。「兄は、『そんなこと言うな』って言います」

「じゃあ、言わないほうがいいんじゃない。誰かの役に立とうが立つまいが、そんなのあなた自身とは関係ないんだし」

波鳥は考え込むように、黙って目をしばたたいていた。

バス停に着いたところでちょうどバスが来たので、ふたりして乗り込む。澪と一緒のところで降りようとするのは、強く拒否した。

「でも……」と渋《しぶ》る波鳥に、「むしろあなたのほうが心配なんだけど」と澪はあきれる。

「ちゃんと帰れるの？　降りるバス停、わかってる？」

「はあ」

「わたしを送っていったとして、あなた、くれなゐ荘からバス停までの道わかってる？　ひとりで戻れるの？」

「……」波鳥ははじめて気づいたというふうに、はっとした顔をする。これはだめだ。

「悪いこと言わないから、ふつうに帰りなさいよ。それで、行き帰りの護衛はいらないってわたしが言ってたって、お兄さんに報告して」

「あ、はい。そうします」

『兄に報告』という言葉が出て、ようやく波鳥は納得した様子でうなずいた。

――やれやれ。

と息をついて澪はバスを降りた。なんだか、このさきが思いやられる。

くれなゐ荘に帰ると、出汁《だし》のいいにおいがしていた。澪が「ただいま」と言って台所をのぞくと、玉青《たまお》が鍋《なべ》に溶《と》き卵を投入するところだった。

「おかえり。そろそろ帰ってくるかと思てご飯作ってたけど、ぴったりやわ」

「いいにおい。親子丼《おやこどん》ですか」

「そうそう、正解」と玉青は鍋に蓋《ふた》をする。「手ェ洗っといで。用意するさかい」

はい、と答えて澪は洗面所に向かう。途中で居間《いま》を通ると、八尋《やひろ》が卓袱台《ちゃぶだい》の上を布巾《ふきん》で拭《ふ》いていた。

「ひさしぶりの学校、どうやった？」

「和邇の子が転校してきてました」

「へ？」

澪は説明よりさきに手を洗いに行き、居間に戻ってくると卓袱台にすでに親子丼が並んでいた。卵がほどよく半熟で、輝いて見える。お麩《ふ》の味噌汁《みそしる》とぬか漬《づ》けもあった。

朝次郎《あさじろう》もやってきて、四人でご飯を囲む。漣《れん》は大学である。

「漣くんは、大学でもう友達できたみたいやな」

玉青が言う。「みたいですね」と澪は答えた。

「よかったな。漣くんはその辺、あんまり要領よくなさそうやけど」

と言ったのは八尋である。

「まあ、そうですね」

「そうか？　真面目《まじめ》でええ子やのに」

朝次郎はそう言う。漣は年寄り受けが妙にいいので、朝次郎もたぶん、漣を気に入っている。

「真面目でええ子ほど、苦労するもんですよ」

「そやね。八尋さんくらい、いいかげんに生きたほうがええわ」

「玉青さん、いまのは僕《ぼく》の実感ですって」

八尋と玉青は、いつもよくしゃべる。八尋はいくぶん、おしゃべりな玉青に付き合っている感はあるが。朝次郎は玉青に話しかけられても聞き流すこともあるし、基本的に寡黙《かもく》だ。澪はだいたい聞き役だった。ご飯がおいしいので、そちらに集中しているせいもある。

「――ほんで、澪ちゃん。さっきの話やけど」

ご飯を食べ終わり、お茶を飲んでいるとき、八尋が切り出した。玉青は台所で片づけを、朝次郎は近所の知り合いに頼まれ事をされたとかで出かけていった。

「和邇の子が転校してきたって？」

「そうです。うちのクラスに。その子のお兄さんが、高良の世話役なんですけど」

「んん……？　はいはい、なるほど」

「そのお兄さんの指示で、わたしの護衛をするそうです」

「護衛？　なんで？」

澪は、波鳥から聞いた話をした。

「ははあ、なんやめんどうなことになってきとるな」

八尋は苦笑している。

「麻績家って、海人の家系なんですか？」

「うん？」

「波鳥ちゃんが……その和邇の子が言ってたから」

「ああ、まあ、そうやな。ルーツて意味でいうたら。古代海人族てやつな。蟲師の言い伝えでは、麻績王の母親が、阿曇《あずみ》氏ていう海人族やった。古代では海人族の妃《きさき》ていうのが、けっこう多い。和邇氏も何人もの大王《おおきみ》に妃を入れとる。でも、和邇氏がのちの蘇我《そが》氏と違うのは、それで外戚《がいせき》として政治の実権を握るとかしてへんことやな。そのうち、表舞台から消えてくし……まあこれは海人族全体の話でもあるけど」

八尋は、「どう説明したらわかりやすいかなあ」とつぶやく。

「日本は島国やから、航海術を持っとる海人族ていうのは、重宝《ちょうほう》されたわけや。中国とか朝鮮半島との付き合いもあるし、物資輸送もあるし。せやから大和《やまと》王権にもあてにされとったわけやけど、まあ、力関係ていうのは変わってくもんやから。協力から従属関係になって、やがて影は薄くなってく。――これが海人族全体の話な」

つぎに和邇氏、と八尋は話をつづける。

「和邇氏は海人族のなかでは、かなりの勢力があった一族や。娘を妃にしとるわけやし、末裔も多い。古代海人族ていうのはな、おおよそ三系統に分類できるんやけど、和邇氏と麻績王の母親の阿曇氏は、おなじ阿曇系。ほかの系統は、まあいまはええかな。阿曇系は、春秋時代の中国南部から渡ってきた海人族がもとやていう話や」

「春秋時代の中国——千年蠱《せんねんこ》が生まれたところ？」

「まあ、そやな。国は違うと思うんやけど。海人族は呪術《じゆじゆつ》を得意としてて、それぞれ独自の呪術を持っとった。和邇や麻績が蠱師になったんは、もともとそういうものを生業《なりわい》のひとつにしとったからや」

「へえ……」

「和邇はな、さっきも言うたけど勢力があったし、末裔も多い。上高野《かみたかの》とか、滋賀《しが》の湖南《こなん》、湖西《こせい》地域とか、いまでも和邇の勢力圏や。地名にも残っとるし。いまだに隠然たる力がある。麻績とはべつに敵対しとるわけちゃうけど、和邇は千年蠱を利用したい派やから、まあ相容《あいい》れへんわな。阿曇氏は麻績とつながりがあるから、同系統でも和邇とはやっぱり相容れへん」

ふうん、とうなずきつつ、澪はお茶を飲む。和邇、麻績、阿曇と、そろそろわからなくなってきそうだった。

「阿曇は、ほら、安曇野《あずみの》てあるやろ。長野に」

混乱してきた澪の頭のなかを察してか、八尋がそんなことを言った。

「はあ、ありますね。安曇野」

県内でも屈指の観光地である。

「あれは阿曇族が移り住んだところやから、そやって名前がついとる」

「え、そうなんですか」

「そんなふうに、阿曇だけやのうて、海人族にちなんだ地名はようけ残っとるんやで。渥美《あつみ》半島に厚見《あつみ》、安曇川《あどがわ》。アツミとかアヅミは阿曇族ていうよりか、広く海人族を言うみたいやな。ほかの海人族でいうたら、賀茂《かも》とかも全国に地名が残っとるし」

「賀茂……上賀茂《かみがも》とか下鴨《しもがも》の？」

「そうそう。賀茂、加茂、鴨、漢字はいろいろやけど、地名やら川の名前やらで全国にあるで」

「へええ……」

知らなかった。

「ま、そんな感じで海人族はけっこう全国に根を張っとるんやでってことやな」

なるほど、と澪は頭をさげた。「ありがとうございました」

「いやいや、こんなん序の口やで。半日もあれば、もっと詳《くわ》しく説明できると思うんやけど」

　さすがに日暮れまで八尋の講義を聴《き》く気にはなれない。「いまのところ大丈夫です」と澪は丁重《ていちょう》にお断りした。

「そういえば麻生田《おうだ》さん、依頼のあった村役場のかたに、折り返しの連絡ってしました？」

　話題を変える口実というわけではないが、澪は八尋への確認事項があったのを思い出した。おおざっぱな八尋のために、澪がスケジュール管理をしているのである。

「あ、忘れとるわ」

「二、三日中に都合のいい日程を知らせてほしいって話だったじゃないですか。だから急いで行けそうな日をピックアップして教えたのに」

「ごめんごめん。ごめんついでに澪ちゃん、電話しといてくれへん？」

「それくらいは自分でしてください。お祓いのことで質問とかされても答えられませんし」

「ほな、あとでしとくわ」

「絶対忘れますよ。いましてください。いま」

ええ、と八尋は面倒《めんどう》くさそうにしていたが、澪ににらまれ、ポケットから携帯電話をとりだした。八尋が電話をかけるのを確認してから、澪は腰をあげた。

澪は居間を出て、部屋に戻る。座布団《ざぶとん》の上で照手《てるて》が丸まって寝ていた。まるきり飼い狸《だぬき》だ。澪は畳《たたみ》の上に座り、照手の首筋を撫《な》でる。

――和邇だの海人族だの、なんだか面倒そうな話になってきたな……。

ただでさえ、澪を取り囲む事情は厄介《やっかい》なのに。

――巫陽《ふよう》は生まれ変わるたび、毎回、こんな面倒なことに巻き込まれているんだろうか。

呪詛《じゆそ》と、人間の思惑と。

澪でさえうんざりするような状況を、何度も、何度も、絶望とともに繰り返しているのだろうか。

「……」

澪は己《おのれ》の喉《のど》をさする。なにかつかえたように息が詰まる。窓を見れば、椿《つばき》の葉陰が暗く濃い影を落としていた。

波鳥は修学院でバスを降りると、和邇の屋敷まで急いで帰った。屋敷は和邇の別宅とはいうものの、本邸のある大津よりも叔父はここに滞在することが多く、両親のいない青海と波鳥の兄妹は、幼いときからこの屋敷で育った。育った、というよりも、働いてきた。

「遅い！」

裏口から足音を忍ばせて入った波鳥は、鋭《するど》く投げつけられた声に身を固くした。

「遅いやないの、なにぐずぐずしてたん。亀甲《きっこう》の帯てどこにある？　出しといてて言うたのに、出てへんやないの。あたしもう出なあかんのに」

濃紫《こむらさき》の地に菖蒲《しょうぶ》を描いた付下《つけさ》げに身を包んだ四十歳過ぎの女性が、いらいらした様子でまくしたてる。美登利《みどり》だった。彼女は和邇家の使用人頭《がしら》で、昔から叔父の愛人だった。

「あ……あの、テーブルの上に出しておきましたけど……」

「あれとちゃうねん。白地《しろじ》に金糸《きんし》のほう。言わんでもわかるやろ、それくらい。ほんま、ぐずなんやから」

「……ごめんなさい。いま出します」

波鳥はあわてて靴を脱《ぬ》ぎ、奥へ向かおうとする。その肩を美登利は押した。波鳥はよろめいて壁にぶつかる。

「阿呆《あほ》。よう見てみ、もうべつの帯締めてるやろ。しゃあないから、べつのにしたんや。いまから出して間に合うわけないやろ」

美登利は吐《は》き捨てる。「ちょっと考えたらわかるやないの。頭の悪い子やな」

波鳥はうなだれ、「ごめんなさい」と謝《あやま》るしかない。子供のころから、波鳥のすべてが苛立《いらだ》つようで、美登利は常にこんな調子だった。

「誂《あつら》えたばかりの帯やから、今日の集まりでみんなに見せる約束してたのに。約束破ったことになるやないの。あんたのせいやで。ほんま、役立たずやな」

美登利は軽蔑《けいべつ》するように波鳥を見おろす。この視線にさらされるたび、波鳥は体がこわばって、息苦しくなり、よけいに頭が回らなくなる。そんな波鳥を眺《なが》めていた美登利は、なにを思ったのか、急に表情をやわらげて耳もとでささやいた。

「……青海は元気にしてるん？　こっちにはちっとも顔出さへんけど。たまには遊びにおいでて言うときや。な？」

美登利の声音《こわね》は、じっとりと湿《しめ》り気《け》を帯びている。なめくじの這《は》ったあとのように。

波鳥は、青海が美登利を避けていたのを知っている。

「あ、兄は、叔父さんの言いつけがないかぎり、こっちには、来ないです」

美登利は舌打《したう》ちすると、

「使えへん子やな」

と波鳥の頭をたたき、去っていった。運転手を呼ぶ声が聞こえたので、出かけるのだろう。波鳥は細く息を吐き、部屋へ戻った。これから溜《た》まっているだろう洗い物をして、掃除《そうじ》をしなくてはならない。以前は使用人が多くいたが、美登利が、『波鳥を使えばええやないの、人件費がもったいない』と言い、減らしてしまった。

――役立たず。

幼いころからずっと刷り込まれた言葉は、波鳥の胸に食い込んで離れない。だが――。

制服を着替えていた波鳥は、携帯電話が鳴って、びくりとする。青海からだった。急いで電話に出る。

「お……お兄ちゃん」

「波鳥、学校はどうだった？」

青海の言葉は簡潔《かんけつ》だったが、他人に向けるような硬質さはなく、やわらかい。波鳥はほほえんだ。

「うん、あのね、邪霊に襲《おそ》われたけど、澪さんが助けてくれた」

「そうか」

「いいひとだよ。すごくきれいで……強くて……やさしい」

波鳥の胸に、澪の言葉がよみがえる。

――あなたの話が役に立つか立たないかなんて、わたしの都合に過ぎないんだから、べつにあなたが申し訳なく思う必要なんてないでしょ。

――誰かの役に立とうが立つまいが、そんなのあなた自身とは関係ないんだし。

波鳥は、兄に褒《ほ》められたときのように、胸がぽっとあたたかくなるのを感じた。

「ちょっと、お兄ちゃんに似てるかも」

「……そうか？　よかったな」

青海はいささか不思議そうに言ったが、安堵《あんど》した様子で通話を切った。兄が安心すれば、波鳥もうれしい。またお兄ちゃんと暮らせたらいいのにな、と思いながら、波鳥は着替えをすませて部屋を出た。

「麻績くん、もう入るサークル決めた？」

そう声をかけられて、漣はふり返った。まだ顔と名前の一致しない、だがおそらく同回生の女学生が三、四人、束《たば》になっていた。入学式の日にも話しかけられたような気がする。

「いや、俺《おれ》は入らないから」

「えっ、そうなの？　どうして？」

言葉に関西訛《なま》りがないので、地元の人間ではないのだろう。関西弁に囲まれていると、そうでない相手に妙に親近感を覚える。彼女たちもそうなのだろう、と漣は思っていた。

「忙しいから」

「バイト？」

「……まあ、そんなところ」

澪のことが気にかかるし、蟲師の仕事もしたいし、学業もある。手一杯だ。

「じゃあ」

まだなにか言いたそうな顔の女学生たちを残して、漣は自転車をとめた西門近くの駐輪場に向かう。構内では新入生へのサークルの勧誘活動が活発で、やたらチラシを渡されたりまとわりつかれたりするので、漣は勧誘に寄ってこられる前にと、足早《あしばや》に歩いた。うしろから走ってくる足音がしたが、漣はそれが自分を追いかけてくるものだとは思わなかった。

「ちょお待って、麻績くん、なあ」

名を呼ばれて漣はようやく、足をとめた。追いついた男子学生が、疲れたように肩で息をしている。出流《いずる》だった。

「ようやく追いついたわ。麻績くん、歩くの早いなあ」

出流は穏《おだ》やかに笑う。漣と変わらないくらいの長身だが、雰囲気がやわらかいせいか、威圧感がない。だいたいシャツと細身のパンツを合わせていることが多く、今日もそうだった。くすんだ淡い水色のシャツに、明るいグレーのパンツだ。漣の出《い》で立《た》ちが黒のニットにダークグレーのパンツなので、明暗が対照的だった。

「なにか用事だったか？」

「いや、麻績くんはなんのサークル入るんかなあと思て」

「さっきも訊かれた。入らない。忙しいから」

簡潔に答えて、漣はふたたび歩きだす。

「あ、ちょお待って。そんなら、練習とかのない、邪魔《じゃま》にならんサークルやったらええやろ？」

「なんだ、勧誘か？　サークル活動に興味ないんだよ」

「俺なあ、『史跡研究会』ていうん、作ろうと思てるんやけど」

出流はおっとりしているわりに、いや、そのせいか、ひとの話を聞かないところがある。

「興味ないって……え？　作るのか？」

「そうそう。史跡巡《めぐ》りしたいねん。あんまり難しい感じやのうて、軽い感じの」

「……まあ、作ればいいんじゃないか。俺は興味ない」

「誰も入ってくれへんから、さびしいねん」

「そんなことないだろ。史跡巡りなら」

「心霊《しんれい》スポットになってるとこを巡りたいて言うと、断られるんや」

漣は足をとめた。「心霊スポット？」

「そう。京都周辺やと、そういうとこも多いやろ？　俺、大阪の人間やから、京都に暮らすんやったらやってみたいと思ててん」

「それは『史跡研究会』じゃなくて『心霊スポット愛好会』じゃないのか」

「いやいや、ただの心霊スポットやのうて、歴史のあるとこがええねん。――そや、麻績くん、滋賀の木沢《きざわ》村て知ってる？　えらい山のなかで、京都との県境に近いんやけど。そこになあ、幽霊《ゆうれい》が出るんやて」

「京都じゃないな」

「せやから、京都との県境やて。今度そこに行ってみよと思て。『史跡研究会』最初の活動やで。麻績くん、一緒に行かへん？」

「行かない」

「予定は麻績くんに合わせるわ」

「いや、行かないって」

「平日でもええで。ひとりで行くんは怖いねん。俺、怖いの好きやけど怖がりやから」

「じゃあそんな活動するのやめろよ」

「ほんまにやばいんやって、木沢村。行方《ゆくえ》不明者とかも出てるらしいて」

漣は眉《まゆ》をひそめた。

「……やめとけよ、そんなところに行くの。ろくなことがないぞ」

出流はにこりと笑った。

「せやから、一緒に行こ」

「今度の日曜、友達と滋賀に出かけるから」

夕食の席で漣がそう言いだしたので、澪は生姜焼《しょうがや》きに伸ばしかけた箸《はし》をとめた。卓袱台に並ぶのは豚肉の生姜焼きに、たっぷりの千切りキャベツ、ポテトサラダ、新玉葱《しんたまねぎ》の味噌汁である。生姜焼きは澪も漣も大好物だ。

「めずらしいね、漣兄が友達と出かけるのって」

「成り行きでそうなった」

「大学の友達？」と訊いたのは、玉青だ。

「はい」

「ええなあ、楽しんどいで。せっかくの大学生活なんやから、楽しまんとな。滋賀のどこに行くん？」

「木沢村です」

その名前に、澪は思わず八尋のほうを見た。八尋はご飯を頬張《ほおば》り、漣の顔を眺めていた。

「それ、どこや？　観光地なん？」玉青はけげんそうな顔をする。

「山のなかだそうですけど、俺はよく知りません」

「なんでそんなとこ行くことになったん？」と、八尋がなんでもなさそうな口調《くちょう》で訊いた。

「友達がそこに行きたいって言うんで」

「なんで？」

「……心霊スポットだとか、どうとか」

「ははあ」

八尋はちょっと天井《てんじょう》を仰《あお》いで、またご飯を食べだした。八尋がなにも言わないので、澪は口を開いた。

「……今度の日曜、わたしたちもそこに行くんだけど」

「え？　なんで」

「だから、心霊スポットだからでしょ。麻生田さんがお祓いを頼まれてるの、村役場のひとから」

漣は目をみはった。

「ほんとにやばいとこなんだな」

「役場のひとが頼んでくるんだから、そうでしょ」

「僕の大学の後輩やねん」八尋が言う。「その村役場のひとていうんが。知り合いやから、とりあえずお祓いでもしてもらお、て感じなんか、にっちもさっちもいかんのか、まだようわからん」

「電話だと、どんな感じだったんですか？」

「真面目なやつやからなあ、上からどうにかせえて言われて、困っとる、って感じやった」

「……どうにかしないといけないようなことって、なんですか？」と漣が訊く。

「友達から聞いてへんの？」

「幽霊が出るとか、行方不明者が出てるとか」

「行方不明者は、言うてなかったなあ。隠しとるってことはないと思うんやけど。

――でもまあ、そやな、幽霊が出るんや」

「どんな」

「村のはずれにナントカ淵《ぶち》ていうのがあって、水が澄んだきれいなとこらしいんやな。透《す》き通って、底が青緑になって、宝石みたいな色合いなんやと。写真映《ば》えするてSNSで有名になって、ちょっとした観光地になったそうや。まあ最近ようある話やな。村役場のほうでもそれを機に村おこしを、て算段やったらしいんやけど、そのうち、幽霊が出るて噂《うわさ》が聞こえはじめた」

「噂ですか」

「そのころから観光客も潮《しお》が引くように減ってってった。これは幽霊のせいていうより、ブームが去ったてとこやと思うけどな。ほんでも、新規の客に来てもらうためにも幽霊の噂はつぶさなあかんやろ。で、村役場のひとらが真偽をたしかめに、そのナントカ淵に行ったそうや」

「それで幽霊が出たんですか？」

八尋は首をかしげた。

「ようわからんかったたって。村自体、ほとんど山みたいなとこやから、淵も森のなかにある。暗くて異様な雰囲気で、怖なって途中で泡食《あわ》って逃げ帰ってきたんやて」

「なんやの、それ」とあきれたように言ったのは、玉青だ。「結局わからへんてことやないの」

「まあ、依頼なんで一応行きますけど、空振《からぶ》りかもしれませんね」

空振りでも謝礼は出すというので、八尋が行く気になったのを澪は知っている。

「……木沢やと、安曇川の流域やな」

ふいに、朝次郎が口を挟んだ。もう食べ終わり、箸を置いている。急須《きゅうす》から湯《ゆ》呑《の》みにお茶を注《そそ》いで、ひと口飲む。湯呑みのなかを眺めながら、朝次郎はふたたび口を開いた。

「北に支流の麻生川《あそがわ》が流れてるやろ。その辺に大昔の一時期、麻績の一族が住んでたはずやで」

「え……木沢村にですか」

「いや、もっと北のほうやと思う。木沢は、和邇とちゃうか」

朝次郎は八尋に向かって言う。八尋はお茶を飲みながら、「どうかな」と頭をかいた。

「たしかに湖西なんで、和邇の勢力圏かとは思いますけど。和邇は、もうちょい南と違いますか？　大津市に『和邇』てとこがあるでしょう。志賀《しが》、和邇、小野《おの》て、あの辺が昔もいまも和邇氏の本拠地ですよね。滋賀の和邇学園もそこにあるし」

「和邇の勢力圏やったら、和邇のもんやろ」

「えらい乱暴ですね。でもまあ、たしかに」

八尋は腕組みをして、考え込みはじめる。

「あの辺の川は昔から、木材を運ぶための川やったんや。昭和初期ごろまで使われてた。川だけやのうて、道もな、北陸から鯖《さば》とか海産物が運ばれてたさかい、鯖の道とも呼ばれてたんやで」

朝次郎は、澪と漣を交互に見ながら、教えるように話した。澪は、祖父に昔話を聞いているような気分だった。

「歴史の古い土地柄《がら》や。——ややこしいことになるかもしれんから、気ィつけて行きや」

八尋が眉をさげた。

「いややなあ。朝次郎さんがそう言うときは、絶対、面倒なことになるんやから」

ポケットに入れた携帯電話が震えて、出流は立ち止まった。ちょうど賀茂大橋を渡っていたところで、行《ゆ》き交《か》うひとは多い。欄干《らんかん》にもたれて、出流は電話に出た。相手は従兄《いとこ》だった。

「はいはい。どうも、こんばんは。——うん、今度の日曜、滋賀のほうに行くことになって」

眼下を流れる夜の川を眺める。賀茂川と高野川の合流する地点で、川の流れは案外速い。川岸では飲み会帰りらしい大学生たちが騒いでいた。あいにくの曇りで、月も星もない空の下、黒々とした川に街《まち》の明かりだけが反射している。

「はは、仲良うやってます。俺、そういうん得意やし。麻績の出方を様子見《ようすみ》しといたらええだけやろ？　俺らの敵は千年蟲なんやし、それは麻績かて一緒やろ。え？

ああ、和邇な。それはわかってるけど」

出流はシャツ一枚の肩をさすった。夜はまだ冷える。

「わかってるて。麻績の、巫女《みこ》の子な。臨機応変にいくわ。場合によっては、千年蟲ともども、始末したらええんやな」

軽く笑って、出流は電話を切った。川からあがってきた冷気に、くしゃみをする。

「ああ、めんどくさ。どいつもこいつも……」

つぶやいた声は、川の音にまぎれて、消えていった。

「木沢村までは、山を越えなあかん。道順はわりと単純なんやけどな、国道三六七号線を道なりに走っていけばええだけやから。まあたぶん県道に入ったら道細いでたいへんそうやけど。漣くん、運転免許とったんやろ？　お友達は？　わからん？　ほな聞いといてや。とりあえず勘定《かんじよう》に入れとくで。なんの勘定て、もちろん、運転手に決まっとるやん。僕だけでは無理無理無理。山道を二、三時間やもん。交代で運転するで」

という八尋の提案で、澪と漣、そこに漣の友人も加わり、四人で木沢村へと向かうことになった。八尋は運転手要員を確保できて喜んでいる。

「免許とりたての人間に、峠道《とうげみち》なんて運転させないでくださいよ」

漣は青ざめていたが、車でなければどうにもこうにも行きようのない場所だったので、しかたなく提案を呑んでいた。

当日、まずは八尋の運転で松ヶ崎《まつがさき》に下宿しているという漣の友人を迎えに行った。大通り沿いの歩道で、それらしき青年が手をふっている。「あれです」と漣が端的《たんてき》に言った。漣の友人は、マウンテンパーカーに細身のチノパン、背には大きなリュックというアウトドア向けの出で立ちだ。澪たちも似たような格好《かっこう》である。八尋だけがアイボリーのニットにミントグリーンのパンツという、どう見ても歩き回る気のない小洒落《こじゃれ》た姿だった。足もとだけは一応、スニーカーだったが。

漣の友人を車に乗せたあとは、国道をひたすら北上する。八尋の言ったとおり、カーナビの案内はずっと直進だった。

「漣くんのお友達、名前はなんていうん？」

八尋がルームミラーでうしろをちらりと見やる。後部座席に漣とその友人が、助手席に澪が座っている。漣の友人は温厚そうな青年で、いまもほのかな笑みを浮かべていた。端整《たんせい》な顔立ちだが目もとが甘《あま》やかで、話しかけやすい雰囲気を持っている。女子にもてそうなひとだな、と澪は思った。今日はカジュアルな出で立ちだが、品のあるかっちりとした格好をしたら相当見映えのするひとだろう。

「日下部《くさかべ》出流です。草の壁と違《ちご》て、日の下の部で日下部です」

「日下部くんな。ふうん」

考えてみたらクサカべなら草壁がふつうで、日の下でどうしてクサカと読むのだろう……と、澪はぼんやりと車窓を眺めながらそんなことを思った。

「大阪の河内《かわち》出身やったりする？」

「え、そうです。よくわかりますね」

河内の日下部か、とつぶやいた八尋の声は、おそらく澪にしか聞こえなかっただろう。なんだろう、と澪が疑問に思う間もなく、八尋は話題を変えた。

「漣くんも日下部くんも、車酔《よ》いは大丈夫？　これからけっこうカーブきつなってくると思うけど」

ふたりともに大丈夫だという答えが返ってくる。

「運転はいつ交代すればいいですか？」と、出流が尋ねた。

「行きはええねん。帰りの運転を頼むわ。若いから帰りも元気やろ」

ははっ、と出流は朗《ほが》らかに笑う。

「現地では、別行動ですか？　麻生田さんは、神主《かんぬし》さんなんでしたっけ。お祓いするとか」

「別行動やな。まあ、神主でええわ」

八尋は適当に言う。

「君はホラー好きなん？　心霊スポット巡りて。もっと楽しげなもん、ようけあるやろに」

「怖がりやけど怖いもん好きなんです」

「あー、そういう子おるな」八尋はうなずいて納得している。「木沢村の幽霊て、どんな感じの噂になっとるん？」

「俺が聞いたのは、女の幽霊が出て、川に引きずり込もうとしてくるっていう話です」

「河童《かっぱ》みたいやな」

「そうですね」と出流は笑う。「実際、そうなったら笑い話やないですけど」

人当たりのいい出流が八尋の話の相手をするので、こうなるとさしておしゃべり好きでない澪や漣は、口を閉じたきりになる。澪はだんだんと眠くなってきた。今朝《けさ》はふだんより早く起きて、七時にはくれなゐ荘を出たのだ。

車窓に見える光景は、もうずっと変化がない。緑豊かな木々と、ときおり民家、その奥にちらりと川がのぞく。

「あの川が安曇川やで」

ふいに、八尋がそう言った。澪は閉じかけていた目を開けて、車窓に目を凝《こ》らす。木々の合間に川が見えた。水量はすくなく見えるが、川幅の広い川だった。梅雨時《ゆどき》や大雨のときには、水かさが増すのだろう。

「けっこう、大きな川なんですね」

「木材を運ぶくらいの川やからなあ。琵琶湖《びわこ》に注ぐ川や」

琵琶湖か。澪はまだ見たことがない。

国道を走っていた車は、やがて道を折れて県道に入る。その途端、道幅がぐっと狭くなった。対向車とすれ違うのが難しい幅だ。

「これ、日が落ちたあと走るのは怖いなあ」

出流がつぶやく。「あ、怖いって幽霊とかの意味と違て、ふつうに」

「だな……」と漣が同意していた。

「ライトつけて慎重に走ったら大丈夫、大丈夫」

八尋が軽く言う。「対向車てほとんどないやろし」

たしかに、道は細いがそのぶん通る車もすくない。ときどきキャンプ場の案内板や喫茶店の看板が見えたが、それもなくなり、ただ木々の風景がつづくばかりの道となった。

車が橋を渡り、しばらく行くと木々が途切《とぎ》れ、田畑が現れた。その向こうに民家が並んでいる。見たところ、案外、家の数は多い。古い家屋《かおく》がほとんどだが、新しそうな家もちらほらとあった。小さなスーパーや個人商店もある。

「思ってたより、町ですね」

澪が言うと、

「山間《やまあい》に三十ほど集落が点在して、それがひとつの村になっとる。わりと大きな村やねん」

八尋は言い、集落のなかに車を進める。村役場はすぐに見つかった。景色《けしき》に合わないようで、妙に合うような、古いコンクリート造りの建物だった。

がらがらの駐車場に車をとめると、建物からすぐにひとりの男性が出てきた。

「麻生田先輩、遠路はるばる、すみません」

縁《ふち》の太い眼鏡《めがね》をかけた、真面目そうな男性だ。

「遠路はるばる、てほどやないけどな」と八尋は苦笑する。

「この子ら、僕の親戚とその友達」

簡潔に紹介されて、澪たちは頭をさげる。後輩の男性は困惑気味《ぎみ》だった。

「はあ、どうう……？」

「あれ、言うてへんかったっけ。この子らも一緒に行くて。心霊スポットに興味あるんやて」

心霊スポットの言葉に男性は情けない顔になった。

「やっぱり、若い子のあいだではそんなふうに言われてるんですね」

「心霊スポットでも、ひとが来れば村おこしになるんちゃう？」

「だめですよ。役場にもそう言うひとがいますけど、被害者が出てからでは遅いんですから。そのために先輩に来てもらったんでしょう」

「あいかわらず真面目やなあ」

とりあえずお茶でも、と男性は役場のなかへと案内してくれる。男性は岩瀬優《いわせゆう》といい、澪たちにまで名刺《めいし》をくれた。

役場に入るとすぐに大きなフロアがあり、そこにすべての課が集まっているらしい。カウンターの向こうで数人の職員がデスクの前に座っており、のんびりとお茶をすっていた。

澪たちは片隅《かたすみ》にあるソファに座り、出されたお茶を飲む。出がらしなどではなく、おいしいお茶だったし、どら焼きまでついてきた。

「お祓いが済んだら、もう幽霊はいないって宣伝してね」

と岩瀬が両手を合わせて拝む。なるほど、そのための厚遇《こうぐう》か、と澪は納得した。

「友達に言っておきます」と澪は一応、答えておいた。

「さっそくなんですが、先輩」

岩瀬は八尋の前に、大きな地図を広げた。この村の地図らしい。

「幽霊が出ると言われてるのは、ここです。ククリヶ淵」

「ククリヶ淵……ふうん」

岩瀬が指さしたのは川の蛇行《だこう》している箇所《かしょ》で、そこがすこしふくらんでいる。『ククリヶ淵』と文字が入っていた。

「きれいなところなんですよ。川の水が澄んでるんで、深い川底がエメラルドグリーンに輝いてます。宝石みたいだって、SNSで人気になって」

「みたいやな。で、ひとがようけ来るようになったら、幽霊も出てきたと」

岩瀬は複雑そうな顔をした。

「地元のひとは昔から、近づかない場所だったんです。というのも、そこの岸辺にある木で首をくった女性がいて、気味悪がられていたという話で」

「首をくった……」

「だから『ククリヶ淵』と言うんだそうで」

「ふうん……？」

八尋は首をかしげた。

「はじめて幽霊の話を知ったのは、役場に苦情の電話がかかってきたからなんですが。幽霊から逃げて転んで、怪我《けが》をしたと」

「その幽霊ってのは、どんなんか訊いた？」

「こちらから訊けるような雰囲気じゃなかったので……。でも、ほかにもそんな話がちらほらと聞こえてきたんです。女の幽霊に足をつかまれて、川に引きずり込まれそうになった女の子が、村のひとに助けを求めてきたとか。女のすすり泣きの声が聞こえたとか。幽霊に追いかけられて川に落ちたとか……どこまでほんとうかわかりませんが」

「でもまあ、複数人の証言があるってことやな。役場でもたしかめに行ったんやろ？　淵まで行けんかったんか？」

岩瀬は面目《めんぼく》なさそうにうつむいた。「淵に行くまでに、森を抜けないといけないんです。そこがどうも……」

もごもごと言葉を濁《にご》すが、どうも暗いのと緊張とで全員がなんらかのはずみでパニックになってしまい、逃げ帰ってしまったらしい。

「ほんで、僕に丸投げってか」

「すみません」

でも、と岩瀬は顔をあげる。

「やっぱり、こういうのは素人《しろうと》が手を出すより、専門家を頼ったほうがいいと思いまして」

お願いします、と勢いよく頭をさげた。

「ご期待に添えるかはわからんけど、とりあえず現場を見るわ。ほな、案内してや」

八尋はお茶を飲み干し、立ちあがった。

現地では別行動で、という話だったが、なんだかんだで漣と出流もついてきている。先頭に岩瀬が立ち、八尋、澪とつづき、そのすこしうしろを、漣と出流がなにか話しながら歩いていた。

「木沢村は広い面積を持つ村なんですが、そのうち約九割が山です。ひとの住める土地はすくないんです。集落は細かいものも合わせて三十以上ありますが、すべて山中に点在してます。役場のあるここがいちばん大きい集落ですね」

道を歩きながら、岩瀬が説明する。細い道だが、これも県道だということだった。周囲には民家と田畑、林が入り交じり、ときおり畑のなかで作業する老人に出くわした。

「ククリヶ淵はどの集落からも離れたところにあって、昔から生活に使うような場所ではなかったようです。一説には、龍神《りゅうじん》伝説があったとも言われています」

「龍神伝説？」

澪が声をあげると、岩瀬はふり返り、柔和《にゅうわ》な笑みを向けた。

「よくある昔話だけどね。ずっと以前だけど、村役場を定年退職したおじいさんが、この地域の昔話を集めた本を自費出版したんだよ。そこに載《の》ってる話で」

「そんなんあるん？　読みたいな」

八尋が興味をそそられた様子で言う。

「先輩ならそう言うと思いました。役場にまだ本がたくさん置いてありますよ。どうぞ、持っていってください。――で、その龍神伝説ですけど、昔、淵に龍神が棲《す》んでいて、洪水《こうずい》を起こして困るので、村人が相談して、若い娘を生贄《いけにえ》に捧《ささ》げていた、という話ですよ」

「旅人が助けてくれたりするん？　ほんで、実は神さまじゃなく大猿《おおざる》やったとか？」

「いや、そういうのはないですね」

「え、そしたら生贄は助からんのか」

「みたいですね」

「ふうん……いまもつづいてる慣習やとか？」

岩瀬はぎょっと身を引いた。「やめてくださいよ、先輩。そんなわけないでしょう」

「まあそれは冗談《じょうだん》にしても、実際、あったんやとしたら幽霊と無関係とちゃうかもしれんやろ」

「はあ。そうですかねえ」

民家が途切れ、行く手にこんもりとした森が見えてきた。岩瀬がその森を指さす。

「あの森の奥に川があって、そこを上流に沿ってすこし歩いたさきに淵があります」

　ここから川は見えず、見えるのは山の斜面ばかりだ。緑が青々と生《お》い茂《しげ》っている。

「橋があって向こうの山にも行けますけど、いまは山に入るひとはほとんどいません。昔は水田に使う肥料のために木や草を刈《か》ってたんですが、化学肥料が普及してからそれもすっかりなくなって――」

　森のなかにはいちおう、道らしきものがある。雑草が踏みしだかれただけの獣《けもの》道《みち》に近い。木陰《こかげ》が濃く、鬱蒼《うっそう》とした暗い雰囲気で、夕方以降は訪《おとず》れたくない場所だ。

「山にひとの手が入らなくなって、木が育ち放題なんです。かつては四月になったら山焼きをして、夏場に木を刈って、それを牛小屋に敷いたあと堆肥《たいひ》にして……そういうサイクルがあったんですが。風物詩とも言えますよね。それがなくなって、山がすっかり荒れてしもた、と村の老人たちはぼやいてますよ」

　岩瀬が饒舌《じょうぜつ》なのは、怖さを紛《まぎ》らわすためだろう。さっきから、暑くもないのにハンカチでしきりに首筋をぬぐっている。落ち着きがない。たしかにこの森の雰囲気はおどろおどろしいところがあるが、べつに邪霊がはびこっている様子でもなかった。ときおり鳥の鳴き声や、はばたきの音がする。鳥が飛び立ち、枝がしなる音に岩瀬はびくっと頭上を仰いだ。

「怖がりすぎやな、岩瀬。ここにはべつになんもないで」

八尋が言うと、岩瀬は目に見えてほっとしていた。「ほんとですか？　ほんとですね？　先輩」

「怖がりなくせにこんな役目にあたってしもて、おまえもたいへんやな」

「僕は下っ端《したっぱ》ですからね、上司も怖いからって僕に押しつけてくるんです」

まったくもう、と岩瀬はため息をついている。

「山がなあ……」

八尋がつぶやく。

「え？　山ですか」

「あっちの山な。あれも肥料用の草木をとる山なんか？」

八尋が指さしたのは、森の奥に見える山のなかでも左側に見えるもので、ひときわ緑が濃い。いや――、と澪は目を凝らした。

緑が濃いのではない。影が落ちている。暗く、濃い影。揺らめく黒い陽炎。

邪霊だ。それが山裾《やますそ》のあたり全体を、霧《きり》のように覆《おお》っている。

澪は口と鼻を手で押さえた。邪霊と認識した途端、焦《こ》げ臭《くさ》いにおいが漂《ただよ》ってきそうな気がしたのだ。

八尋はそんな澪をちらりと見やり、

「どうなんや？」

と岩瀬に問う。

「あの山は、昔から入ってはいけない山だと言われてました。いちおう、ほかの山同様、村の各戸《かくこ》に利用権が割り振られてますけど、肥料用の木を刈ってたときでさえ、誰も入ろうとしなかったそうです。たぶん、神さまの山とかだったんじゃないですか？」

「昔話にあの山の話はないんか？」

「ないですね」

神さまの山なら、いくらか言い伝えがあるだろう。なにもないのは、奇妙だ。

「祖霊《それい》の山があるやろ。死んだらそこへ行って、盆になったらそこから帰ってくるていう山」

「それは、肥料用の山とおなじですね。そこから蕨《わらび》をとってきて、神棚《かみだな》に供《そな》えてます。盆の行事も、いまは行われてませんけど、昔はその山でやってました」

「そしたら、あの山はなんやろな……」

八尋が足をとめる。視界が開けた。森を抜けたのだ。川のせせらぎが聞こえる。

「ククリヶ淵は、あっちです」

岩瀬は左側を指さした。川は蛇行し、そのさきは木々に隠れて見えない。だが、あの邪霊に覆われた山裾にあるようだった。

川沿いを歩き、上流に向かう。川の水は澄んで、岸辺は透き通り、水深の深いところでは青緑を帯びていた。

「この辺《あた》りから急カーブして、山のほうへと向かいます」

岩瀬の言うとおり、川はかなり急な角度で曲がっている。岸壁が鋭くそそり立ち、ごつごつとした岩肌に蔦《つた》が這っていた。大きな岩がひとつ、川面《かわも》から突き出ている。カーブに沿ってさらに進むと、例の山が見えてきた。澪は一瞬、足をとめた。黒い陽炎が立ちのぼっている。山裾から、煙のように。

陽炎に目を据《す》えたまま、澪はふたたび歩きだした。次第にそれが近くなってくる。川は蛇行し、青緑の色が深くなる。水が淀《よど》んでいる。岩瀬と八尋が足をとめた。澪も立ち止まる。

「あそこです。あれがククリヶ淵」

岩瀬が指をさしたさきには、黒い陽炎がわだかまっていた。

——いったい、どこが美しいんだろう。

青緑の宝石のようだと話題になったというが、澪には黒い水面《みなも》しか見えない。黒々とした水から、陽炎が揺らいで立ちのぼる。景色が歪《ゆが》んでいる。その歪みはずっと山裾までつづき、木々を覆い隠していた。

「女が首をくくったという木は、向こう岸にあるあの松ですね。あの辺はアカマツの林です。あとはだいたいコナラの木ですが。優占種《ゆうせんしゅ》がコナラなんです、昔から。ほかの山は、コナラに加えて杉や檜《ひのき》が植林されてますけど、あの山はひとの手が入ってません」

なるほど、岸におあつらえむきの枝振りをした松がある。枝は川の上にまで伸びているので、あそこで首を吊《つ》ったなら、亡骸《なきがら》は川に落ちたのかもしれない。

——だから、川があんなふうになっているのだろうか。

邪霊の巣窟《そうくつ》。川から山にかけて、気分が悪くなるほどの邪霊の層ができている。これほど大規模なものは、はじめて見た。焦げ臭いどころではない。息がしづらいほどの悪臭がする。澪は口と鼻を両手で押さえて、あとずさった。誰かにぶつかる。

「大丈夫？　気分でも悪なった？」

出流だった。心配そうに澪をのぞき込んでいる。漣が澪の腕を引き、うしろにさがらせた。

「おまえはさがってろ」

あれが澪を見つけ、襲いかかってきたら、とてもではないが、祓えない。澪は木のうしろに隠れてしゃがみ込み、息をひそめた。

「これは、また……」八尋が頭をかいて、うなる。

「なんですか？」岩瀬が怯《おび》えたように八尋にすがりつく。「なんかあるんですか？　ねえ、ちょっと先輩」

「首をくった、程度ではないと思うんやけどなあ……生贄のほうがしっくり来るわ」

「え？　どういうことですか」

「ククリヶ淵、なあ。うーん、それなあ、首をくるのククリと違うんとちゃう？　泳宮《くくりのみや》とかククリヒメのククリと違うかなあ」

「ククリノミヤ？　ククリヒメ？」

「泳宮は美濃《みの》にあった池のある宮、ククリヒメは禊《みそぎ》にまつわる神さま。ククリはクグリ――ようするに『くぐる』、水をくぐるの意味や。水をくぐる淵、つまりは禊の場所やったんと違うか」

岩瀬はきょとんとしている。

「禊の場所てことは、神を迎える場所や。神聖な場所のはず……」

それがなんでこんなことに、と八尋はつぶやく。

「生贄」

澪は震えた声を出した。――生贄。生贄だ。

前に、神事のために無意味に殺された子供たちの邪霊を見たことがある。淵にわだかまる黒い陽炎は、それとよく似ていた。犠牲に捧げられた命の恨《うら》み、怒り、かなしみ。そんなものが渦巻《うずま》いている。

「生贄……」と八尋もくり返す。「そうか、生贄か。神を迎える場所が、神のために生贄を捧げる場所に変遷した。死によって穢《けが》れてしもたんか」

「どういうことですか？」

岩瀬はまったく理解できていない様子で、混乱している。

「うん、ちょっと、これはな……出直すわ」

「え？」

「祓えへんわけやないけど、長年の穢れが蓄積《ちくせき》しとるから、時間をかけて清めていくしかない。一朝一夕《いっちょういっせき》にはいかんわ」

そんなあ、と岩瀬は情けない顔をする。

「祓えへんとは言うてないんやから、ええやろ。立ち入り禁止のしめ縄《なわ》でも張って、なるべくひとを近づけへんほうがええ。遠くからでもきれいな写真くらい、撮れるやろ」

「ええええ……なんとかなりませんか」

「なんともならん」

八尋は手をふる。「それよか、はよ戻ろ。長居《ながい》するとあかん」

ちらりと八尋は澪のほうを見た。長居するといけないのは、澪である。澪はうなずき、立ちあがった。その途端、淵に溜まっていた邪霊が、ぐう、と上に伸びあがった。

「あっ……」

澪は息を呑む。その手をとり、ものも言わず走りだしたのは、漣だった。

「えっ、なに、なに⁉」

岩瀬が急に駆けだしたふたりに驚き、悲鳴をあげた。

「走れ、岩瀬。君もや」

八尋はぽかんとしている出流にも声をかけ、走りだす。一行は必死に来た道を戻った。うしろをふり返らずとも、澪は邪霊がすべるようにあとを追いかけてくるのがわかった。

川岸を走っていたのは、あとから思えば、失敗だった。

足もとが、急に浮いたように感じた。ぐらりと体が傾く。

「澪！」

体が下へと落下する。なにが起こったのかわからなかったが、澪は、とっさに漣の手を離した。

岸がえぐれて、地面が川へとすべってゆく。澪の体は川のなかへと放り込まれた。四月のまだ冷たい水が、全身を突き刺してくるようだった。

澪の足首に、邪霊が藻《も》のように絡《から》みついている。水に流されるなか、その感触だけがはっきりとしていた。これが澪を川のなかへと引きずり込んだのだろう。絡みつく邪霊のせいで、思うように足が動かせない。雪丸、と胸のうちで呼んでみても、現れる姿はなかった。水のなかには呼べないのか、それともほかに理由があるのか。

黒い陽炎が足首から上へと這いあがってくる。さらには手に、首にも邪霊は絡みつき、澪を水底《みなぞこ》へと沈めようとする。神を降ろそうにも、雪丸を呼べないのでは無理だ。神意も感じとれない。神が降りてきそうな気配《けはい》を、澪はこのとき、みじんも感じなかった。

――どうして。

死んでしまう。このままだと、ほんとうに溺《おぼ》れ死ぬ。

焦《あせ》る気持ちとは裏腹に、まとわりつく邪霊は増えるいっぽうで、雪丸は現れない。どうしたら、と思ったとき、視界をなにかがよぎった。

水の流れのなか、波が立つ。きらりと光が輝き、それはするすると移動する。

鱗《うろこ》だ、とふいに思った。水がうねる。いや、うねっているのは、体。鱗を持つ、細長い体。

――蛇《へび》？

するりと、それが澪の足に触れた。邪霊が消える。澪の体が浮上する。腕を、誰かの手がつかんだ。

気づいたときには、澪は岸に引きあげられていた。咳《せ》き込む澪の背を誰かの手が撫でる。腕をつかんだのとはべつの、小さな手だ。顔をあげると、心配そうな顔の波鳥がいた。長袖のカットソーにショートパンツ姿で、腕や足が濡れている。

「……な、と……」

しゃべろうとしても、まだ声が出てこない。呼吸のたびに胸が痛んだ。あたりを見まわしてみると、森のなかのようだった。いたのは波鳥だけではなく、青海と高良もだった。青海は全身がずぶ濡れで、黒いスーツの上着を脱《ぬ》いでいる。高良はどこも濡れていない。察するに、青海が川に飛び込んで澪を助け、波鳥がそれを手伝った、というところだろうか。

「高良さまがあなたを助けようと川に飛び込もうとなさったので、私が代わりに飛び込みました」

澪の思考を読んだように、青海が淡々《たんたん》と言った。

「よけいなことは言わなくていい」高良がぴしゃりと言い、澪を見おろす。「神を呼べなかったか」

澪はうなずき、水の滴《したた》る前髪を手で払った。シャツもジーンズも水に濡れて体に貼りつき、気持ちが悪い。肩で息をくり返した。まだ肺《はい》が痛い。

「ここは、さっきおまえたちがいた岸と反対側だ」

——反対側……。

ということは、と澪は周囲の木々を眺める。あの邪霊に覆われていた山の側ということか。この辺りには邪霊の影はなかった。そういう場所を選んで澪を引きあげたのかもしれない。

「邪霊の巣くった山があったろう。あれは和邇の山だ」

高良の言葉に、澪は青海と波鳥を見る。

「昔の話ですが」と青海が言った。「おそらく江戸時代には、もうこの村の所有になっていたはずです」

「所有が変わってしまったから、信仰が歪んでしまったんだろう」

「歪んで……？」

澪は声を発した途端、咳き込んだ。波鳥が背中をさする。

「和邇の娘はあの淵で禊をして、神を迎えていた。龍神だ。それが神の嫁というものだった。だが、和邇が去ってのち、神の嫁は生贄へと変わった。淵は死で穢れ、神は姿を消した」

八尋の推測があたっていたということだ。違うのは和邇のかかわりと、神が『姿を消した』ということだった。

「神が姿を消したことで、なおさら邪霊の巣窟となった……しかし」

高良はうしろをふり返った。背後にある山から、黒い陽炎が立ちのぼっている。

「それだけでは説明がつかないな。山のありさまは」

「まだ……なにか、あるってこと？」

かすれた声で澪は問う。

高良は波鳥のほうを見た。澪もその視線を追う。波鳥は困ったようにかぶりをふった。

「わたしには、わかりません……」

どういうこと、と澪は高良に目で問う。

「波鳥は巫女だ」

澪が驚いて波鳥を見ると、波鳥はやはり困った顔をしていた。

「巫女といっても、ろくになにも……」

「和邇の娘は、例外なく皆巫女だ。男は蠱師になる者もいれば、ならない者もいるが」

つと、青海が川のほうに顔を向けた。

「高良さま。あちらに気づかれたようです」

「では、帰るぞ」

高良の言葉に、澪は立ちあがる。よろめいたのを波鳥があわてて支えた。

「帰るって……？」

「あちらに面倒なやつがいる。厄介なことになる前に俺は帰る」

——面倒なやつ。

誰のことだろう、と澪は思う。あちら、というのは漣たちのいる向こう岸だろう。漣のことを言っているのだろうか。

——あっ、漣兄《にい》はきっと、わたしのことをさがしてる。

それに思い至り、澪は木々のあいだから岸辺に出る。向こう岸に漣たちがいるのを見つけた。両手をふって、無事を知らせる。漣が気づいて、足をとめていた。

「おまえも早くここを立ち去ったほうがいい。触れぬほうがいい場所だ」

高良は木々の奥へと足を向ける。青海がコナラの一本に近づき、立てかけていた刀《かたな》を手にした。

「日本刀……？」

ぎょっとして思わず口にすると、青海がふり返る。「いえ、反《そ》りのない諸刃《もろは》の剣《つるぎ》です」

「和邇の蠱師が使うものだ」とつけ加えたのは高良だった。

「高良さま、職神《しきがみ》が来ます」

青海が剣を抜いた。たしかに諸刃の剣だった。鞘《さや》も柄《え》も黒く、刃《やいば》だけが鈍《にぶ》く光っている。

どっ、と足もとに衝撃《しょうげき》があり、地面がえぐれた。なにが起こったのか、澪には見えなかった。高良が舌打ちする。

「面倒だな。――於菟《おと》」

音もなく虎《とら》が現れ、高良の前に立つ。身を低くして、於菟は宙《ちゅう》に跳《と》んだ。パシッ、と乾《かわ》いた枝を打つような音がする。於菟の口が一羽の白い鳥を咥《くわ》えていた。白鷺《しらさぎ》のようだ。鋭い牙《きば》がその鳥を嚙《か》み砕《くだ》く。すると鳥は煙のようにかき消えた。

青海が剣を一閃《いっせん》させる。白い鳥が真っ二つに斬《き》られ、やはり消える。どうやら目に見えぬ速さで鳥が飛んできては、於菟や青海がそれを倒している。青海は職神が来ると言っていたから、あの白い鳥は職神なのだろう。しかし、いったい誰の。

「澪さん」

波鳥が澪の腕を引き、うしろへとさがらせる。

「向こう岸へ渡りましょう。すこし行ったさきに橋がありますから――」

言葉の途中で波鳥は悲鳴をあげる。いつのまにか、多くの白鷺が周囲を飛び交っていた。これでは進めない。

「これ……これ、なんなの？」

澪はあとずさる。白鷺の瞳には表情がなく、不気味《ぶきみ》だった。

「日下部《くさかべ》の職神です」

「日下部……？」

聞き覚えのある名に澪は記憶をさぐる。なんだったか。誰の名だ。つい最近、聞いたはず。

「『日下部』は若日下王《わかくさかのみこ》のために作られた部民で、海人族や」

すぐそばで声がしたかと思うと、波鳥が突き倒され、澪は腕を引っ張られた。

「大丈夫？　麻績くんの妹さん」

出流だった。――そうだ、このひとが日下部だった。

彼は穏やかな笑みを崩《くず》していないが、その手には物騒《ぶっそう》なものを握っていた。矛《ほこ》だ。どうやら波鳥は矛の石突《いしづき》で突かれたようだった。

「日下部は外来霊《がいらいれい》……外からやってくる悪い霊の処理を任されてた一族や。いまもそう。わかるかな。千年蠱を倒すための一族やと思てくれたらええ。麻績とはそう知らん仲でもないんやで。共闘したこともあるし。協力関係やな」

——千年蠱を倒す？

澪はつかまれた腕をふりはらおうとしたが、さして力を込めていないように見えるのに、出流の手はふりほどけなかった。

もがく澪に、出流はけげんそうな顔をする。

「どないしたん？　俺は助けに来たんやで。千年蠱や和邇に襲われてたんと違うん？」

「違います、みんなはわたしを助けてくれて——」

「仲良しなん？」

出流は笑みを消していないが、目が笑っていない。

「困ったなあ。よりによって君が千年蠱と仲良しになられると、俺、君のことも処理せなあかんようになるんやけど」

澪は背筋がぞくりと冷えた。水に濡れたせいではない。

「澪！」

漣の声がして、出流はそちらをふり返った。その瞬間、大きな影が出流に飛びかかり、彼を押し倒した。於菟だ。

高良が樹上からひらりと飛び降りる。同時に、漣が生い茂る下草をかき分け駆けよってきた。出流が矛を閃《ひらめ》かせると、於菟が体をひねり、軽《かろ》やかにうしろへ飛びすさった。於菟は高良のもとへと戻り、出流に目を据えて唸《うな》り声をあげる。

「これは……いったい、なんだ。日下部？」

漣が事態を把握《はあく》できずに戸惑っている。出流はやわらかな笑みを漣に向けた。

「俺は千年蠱討伐《とうばつ》が役目の、日下部一族のひとりや。そのうち話そと思てたんやけど。麻績がいまどんなスタンスなんか知りたかったもんやから、ちょっと様子見してたんや」

「日下部……日下部一族？」

「あの蠱師の、八尋さんやったっけ？　あのひとは気づいてたみたいやけど。河内の日下部いうたら、蠱師のあいだでは俺らの一族のことやから」

「まあ、このあたりで日下部ていうたらなあ。君はなんとなくうさんくさかったし」

そんな言葉とともに、八尋が漣のうしろから姿を現す。青海も剣を手にやってきたので、蠱師が一堂に会することになった。空気が張りつめる。

「澪ちゃん、大丈夫？」

八尋に訊かれ、澪は「はい」とうなずく。

「岩瀬が村内の消防団に招集かけに役場に戻ってしもてな。救急車呼んどるんでは間に合わへんて言うて。いましがた、澪ちゃん見つかったて連絡しといたわ」

ひりついた空気のなかでも、八尋はのんびりしている。

「波鳥、立てるか」

「……うん」

青海にうながされて、うずくまっていた波鳥が、肩を押さえて立ちあがろうとする。澪は手を貸した。出流に突かれたところが痛むのだろう、顔をしかめている。こんなかよわい少女を力任せに突き飛ばすなんて、と澪は出流をにらんだ。

「にらまんといて。俺かて、女の子に乱暴したないんやで」

出流が困った顔で笑う。「さがっといてくれたら、なんもせんよ」

「高良さま、日下部は私が」と青海が高良の前に出る。

「――いや、待て」

高良が視線を上向けた。澪もつられてそちらを見る。

――なんだろう。

灰《はい》。灰が降ってくるように見えた。いや、煙か。薄い黒煙がこちらに漂ってくる。

「あっ……」

澪は息を呑んだ。灰でも黒煙でもない。あれは黒い陽炎だ。山を覆っていた邪霊が、なめらかにすべり降りてくる。

全身から、冷たい汗が噴《ふ》き出てきた。

「やりあっている暇《ひま》はない。行くぞ」

高良は鋭く言い、地を蹴《け》った。青海がそれにつづき、波鳥は澪をふり返りつつも兄に従う。出流がそのあとを追った。

「澪、ぼうっとするな。逃げるぞ」

漣が澪の手をつかみ、走りだす。八尋がしんがりになって、澪たちはその場を逃げだした。

「こっちにおるとまずいな。向こう岸に渡るで。すこしさきに橋がある」

八尋の言葉に澪も漣も「はい」と声をそろえ、橋を目指す。

「しかし、あれだけの邪霊……なんなんや、あの山は」

「淵について、は……麻生田さんの推測が、合ってました」

走りながらしゃべるのは、澪にはつらい。息が切れる。

「僕の推測？　禊の場所やったんが、生贄を捧げる場所に変わったていう、あれ？」

「は……はい。でも、それだけでは、あの山の……説明が、つかないと……」

「そやろ。あの山、おかしいやんな」

「昔は、和邇の、所有だったそうですけど」

「和邇の？」

八尋はしばし黙ったあと、

「松風《まつかぜ》、村雨《むらさめ》」

職神を呼びだして、邪霊の足止めをはかる。

「ちょっと、そこの和邇のおにいさん」

八尋は声を張りあげ、前方の青海に呼びかけた。青海は高良を見て、高良がうなずいたので、こちらをふり返った。「なんでしょう」

「おお、えらい男前やな。まあそれはどうでもええわ。——あれが和邇の山て、そんならあの邪霊に心当たりあるん？」

「いえ」青海の返答は短い。

「いつから和邇のもんやったん？」

「奈良時代より下ることはないと思いますが」

「なるほど。――そんなら、土地の支配のために呪具《じゅぐ》が埋《う》めてあるんと違うか?」

青海は、はっとしたように目をみはった。

「呪具か」

そう口にしたのは、高良だった。

「たしかにな」

高良は足をとめ、ふり向いた。折り重なり波のように押し寄せる邪霊の姿が近い。澪はふと足もとが冷たくなったように感じて、視線を落とした。地面が盛りあがり、次いで陥没《かんぼつ》する。そこから黒い陽炎がにじみ出てきた。陽炎は泡のようにふくらんで、湧《わ》いてくる。あちらこちらの地面から、邪霊が噴き出していた。うめき声に似た音がする。澪には、怨嗟《えんさ》の声に聞こえた。

耳もとで風を切る音がしたかと思うと、白い鳥が邪霊をはじき飛ばし、また宙に舞いあがる。鷺は旋回《せんかい》して、ふたたび鋭く地に降りてきた。そうやって何羽もの鷺が邪霊を吹き飛ばしている。見れば、出流が眉をひそめて湧き出る邪霊を眺めていた。

「たとえば戦勝祈願に和邇氏が忌瓮《いわいべ》……祭器を埋めたことは、『古事記』にも載っとる」八尋が言う。「大昔の中国では、祭器を境界に埋めて自分らの縄張りを外敵から守ろうとした。一種の呪詛や。呪具に使われたのは、祭器だけやない。強い悪《あく》霊《りょう》も盾《たて》になると考えたから、敵部族の首なんかも埋めた」

「首？」

いやな予感がして、澪は足もとを見やる。

「和邇氏は中国南部から渡ってきた一族《つこ》やと言われとる。境界の守りにそういうもんを使たとしても、不思議はない。もし、そうやとしたら……」

八尋は迫り来る邪霊の波を見あげた。

「あの山にも、そういうもんが埋められとるんかもしれん。よほど強い敵か、あるいはそれだけ大量に、か」

「和邇の民は去り、和邇の神も消えた。残ったのは呪詛と生贄だけというわけか」

高良が冷静に答えをまとめた。

「めちゃくちゃ厄介なもんを残してくれたもんや。これ、ふたつが合わさって、よけいにややこしなったんと違うん？」

八尋は誰にともなく問いかけ、苦笑いを浮かべた。

「神さまでもないと、あんなん祓えへんで。そやけど――」

八尋の視線が澪に向けられたが、澪は首をふった。

「天白神《てんぱくしん》は来てくれへんと。ここの神さまは消えてしもとるし」

それを聞いた澪は、ちり、とこめかみのあたりが妙に痛んで顔をしかめた。いや、違う。こめかみではなく、頭の奥。そこが熱を持っている。なんだろう。邪霊のせいで熱が出たのか。でも、いつものそれとは違う感じがする。

澪は額を押さえた。水に濡れている。川に落ちた体は、簡単には乾かない。髪のさきからしずくが滴り、澪の手を打った。その瞬間、背筋を貫《つらぬ》く閃きが走った。

――鱗。うねって、輝く……。

「消えてない」

言葉が口をついて出た。

「消えてない……」

ぱっと、澪は川のほうに顔を向けた。木々があるのに、その向こうの景色が明《めい》瞭《りょう》に見えた。くっきりと浮かびあがる空と、川の流れ。川面に輝く陽光が散り、水が跳《は》ねる。川から風が吹き抜け、澪の髪をさらった。

「来る」

澪は風に包み込まれた。水のにおいがする。光が翻《ひるがえ》り、まぶしさに目を細めた。肌がむずむずして、叫びだしたくなる。足裏が地面を踏んでいる感じがしない。体が、己のものではないようだった。腹の中心から熱くなる。熱がはじける、と思ったとき、体は溶けて消えた。そんなふうに感じた。

一瞬のことだった。

突風《とっぷう》が吹き、木々の枝がへし折れて飛んでくる。漣は腕で頭をかばいながら、澪の姿をさがした。来る、と澪がつぶやいた瞬間、風が吹きつけ、澪の姿が見えなくなったのだ。

風が漣たちのあいだを吹き抜け、山の斜面を駆けあがる。木がつぎつぎに折れて、倒れてゆく音が響き渡る。唸り声は、邪霊の悲鳴か。その声が細く、遠く消えていったあと、風の音もやむ。静けさがあたりを包んだ。川のせせらぎだけが澄んで聞こえる。漣は腕をおろし、周囲を見まわした。

木々が、川から山にかけて、蛇が這ったようになぎ倒されていた。すさまじい光景だった。邪霊の姿は一片もない。清澄《せいちょう》な空気が漂っていた。

「……神が」

声を発したのは、高良だった。

「戻ってきた」

漣は、はっとして澪の姿をさがす。高良に青海、すこし離れて八尋、それから呆《ぼう》然《ぜん》とした様子の出流。澪の姿はない。倒れた木の下敷きにでもなったのではないかと、漣は青ざめた。

だが、澪の名を呼び、木々の隙間《すきま》をのぞき込んでも、澪はいなかった。

「澪はどこだ?」

こいつに訊いたところでわかるわけもない、と思いながらも、漣は高良に詰めよっていた。高良は漣の声が聞こえないかのように、青白い顔で、視線を宙にさまよわせている。

「おい――」

「神使いの力も借りずに、神を降ろしたんだ。それは神に身を捧げたということだ。神の嫁になった。戻ってはこれない」

漣は唖然として、言葉を失った。なにを言ってるんだ、と思った。

――馬鹿なことを。

「そんなことが」

あるわけない、と吐き捨てようとした言葉を呑み込む。高良の顔は蒼白《そうはく》だった。

いまにも倒れそうだ。

「高良さま」

和邇の青年と少女が駆けよってくる。

「澪さんを追いかけます」

「なに？」

高良が青年に顔を向ける。「追いかける？　おまえが？」

「いえ。――波鳥が」

青年は少女をふり返る。少女は緊張したように青い顔をしていた。

「盾になると申しあげました。波鳥なら、できます。澪さんを引き戻します」

「お、お兄ちゃん」

少女が震えた声をあげる。青年がその目を見すえた。

「おまえにしかできない。できなければ、澪さんが死ぬだけだ」

波鳥はひゅっと息を吸い込んだ。震える手を握り合わせる。何度か深呼吸をくり返した波鳥は、唇《くちびる》を引き結んだ。

瞳は涙に濡れていたが、やがてその焦点《しょうてん》が合わなくなった。呼吸をする音が聞こえなくなる。震えがなくなり、波鳥の動きがとまる。漣は、きん、と急に耳鳴りがして、耳を押さえた。

――この少女は、巫女だ。

澪とおなじ種類の人間だと、漣は悟《さと》った。

波鳥がこれを成功させたのは、過去一度だけだった。

青海を助けたときだ。

邪霊を祓い損《そこ》ねて、大怪我を負ったとき。生死の境をさまよう青海を、呼び戻した。波鳥には、それができた。波鳥はそういう巫女だと言いつづけていたのは、亡き祖母だった。

鳥は、霊魂《れいこん》を運ぶという。それを名に持つ波鳥は、魂《たましい》を追い、つかまえる。息を深く吸い、吐く。次第に呼吸は消えてゆく。意識は水の底に沈んでゆく。沈むと同時に、浮遊して遠くへと飛んでゆく。高くのぼっていって、白く霞《かす》む。波鳥の心は溶けて、風とおなじになる。この風は、龍神だ。風の色は青く、深く、海の底と似ている。青い風のなかを揺蕩《たゆた》い、流され、ともに翻る。光がきらめく。川面のように。光輝くのは、神の鱗だった。風となり、光に溶け合う。

光のなかに、白い風を見つけた。薄絹《うすぎぬ》のように淡《あわ》く、細くたなびく一陣の風だ。

風を追いかけ、追いつき、触れる。清澄さが吹き抜ける。

――つかまえた。

息を吸い込んだ。体の感覚が戻ってくる。指、手、腕と、徐々に己の体の形を思い出す。

波鳥は目を開けた。伸ばした手のなかに、あたたかな手の感触がある。

目の前に、澪が立っていた。驚いた顔で波鳥を見ている。人間の顔だ。波鳥はほっとする。笑った瞬間、意識が途切れて、波鳥は倒れた。

波鳥が倒れてきて、澪はあわててその体を支えた。

「ど、どうし――」

「波鳥がおまえを連れ戻したんだ。力ずくで」

高良が近づいてくる。周囲を見れば、木々がことごとくなぎ倒されていた。澪は状況がつかめない。

「波鳥ちゃんが、っていったい……」澪は波鳥の顔をのぞき込む。眠っているように見えるが、大丈夫なのだろうか。

「眠っているだけですので、お気になさらず」

青海が言い、波鳥の体を抱《かか》えあげた。「前のときもそうでした」

「おまえが龍神を呼んで、邪霊を祓った。それは覚えているか？」

高良の言葉に、澪はなぎ倒された木々を眺め、うなずいた。

「呼んだというより……むしろ、わたしのほうが呼ばれたような気もするけど」

龍神は、消えたのではなく、身を隠していたのだ。澪がそれに気づいたから、きっと、現れた。

「天白神が降りなかったのは、ここが龍神のすみかだったからだろう。だが、神使いの力も借りずに神を呼んだせいで、おまえは連れていかれるところだった。それを波鳥が連れ戻した」

高良の説明は簡潔だった。わかるようで、わからない。もうすこし問いを重ねようとしたところで、漣と八尋が駆けよってきた。

「澪ちゃん、無事か」

八尋は澪の存在をたしかめるように肩をたたいた。「痛いです」と言うと、安心したように笑った。漣は顔色が悪い。八尋のように安堵はしていなかった。

「漣兄、大丈夫？」

「……こっちの台詞《せりふ》だろ……」

漣は大きく息を吐いて、その場にしゃがみ込んだ。

「ごめんね」

澪もしゃがみ込み、膝《ひざ》を抱える。うなだれた漣の顔は見えない。目をあげると、倒木に腰をおろした出流の姿があった。つまらなそうに頬杖《ほおづえ》をついている。矛はどこへやったのか、見当たらない。澪と目が合うと、口もとだけで笑って、手をふった。

「なあ、そろそろ見物人が来るんとちゃう？　騒ぎになる前に退散したほうがええと思うんやけど」

出流がそう声をかけてきた。

「おまえは――」

漣がなにか言いかけたが、

「そやな、帰ろか」

と、八尋が軽い調子で同意した。「まあ、その前に岩瀬んとこ行って、報告せなあかんけど」

高良が無言できびすを返す。波鳥を抱えた青海がそれにつづいた。澪はあわててそのあとを追う。

「待って、あの——わたしも一緒に帰っていい？」

澪は波鳥に目を向ける。彼女が大丈夫なのかどうか、気にかかったのだ。澪のように、具合が悪くなったりしないのだろうか。そう思ったところで、澪はふと、いまは己の体調が悪くなっていないことに気づいた。邪霊を祓ったあとはいつも、倒れかけるのに。

「好きにしろ」

高良がそう言ったので、澪はあとをついてゆく。八尋と漣のほうを振り返ると、八尋は軽く手をあげたが、漣は眉をひそめていた。

車に着くころには、村内のひとびとが道に出て、木々のなぎ倒された山を指さし、騒ぎはじめていた。澪は高良の車の後部座席に乗り込み、眠る波鳥の頭を膝にのせる。その顔を見おろし、それにしても、と思う。

「驚いた……」

神に連れ去られかけた澪を連れ戻した、という波鳥の力業《ちからわざ》に。

「俺はおまえに驚いた」

高良がぼそっと言う。「心臓がいくつあっても足りない」

高良は助手席で腕を組み、車窓を眺めていた。

「波鳥がいなかったら、おまえは死んでいたんだぞ」

「じゃあ、波鳥ちゃんがいてくれてよかった」

高良は黙り込む。澪は波鳥の顔にかかった髪を払い、血管の透けた薄いまぶたを見つめる。

「波鳥ちゃんがいてくれる……」

――この子がいなかったら、わたしは死んでいた。死ぬはずだった。でも、死なかった。

いままでだったら、死んでいたかもしれない。これまでの、多気《たき》の生まれ変わりだったら。

細い糸で命がつながっているのを、澪は感じていた。細くても、つながっている。澪は生き延びている。

「あなたでも、わからないことがあるんだね」

澪が言うと、高良はちらとふり向いた。

「波鳥ちゃんのことは、予想外だったんでしょう。そんなふうに、たぶん、積み重なっていくんじゃないのかな。変わる方向に」

高良は黙ったままなにも言わず、前方に顔を戻す。

希望的観測など、聞きたくないのだろう。これまでさんざん、期待しては、打ち砕かれてきたのだろうから。

それでも澪は、希望を持っている。高良が希望を抱《いだ》きたくないと言うのなら、そのぶんまで澪が抱く。

「……巫陽」

ふいに彼の名が口をついて出て、澪は自分でも驚く。自分で発した声に思われなかった。高良がはっとした表情でふり返る。見開かれた目が澪を映《うつ》し、澪は、ほんの一瞬、自分が誰なのだか、忘れてしまったような気がした。

車は一度修学院を通り過ぎ、一乗寺のくれなゐ荘近くでとまる。波鳥はまだ起きていなかった。ほんとうに大丈夫なのか澪は心配だったが、青海は「半日もすれば起きます」と言い置いて、去っていった。

一時間ほど遅れて、八尋と漣も帰ってきた。出流は下宿先が松ヶ崎なので、さきに降ろしてきている。

「岩瀬さんに、なんて言ってきたんですか？」

「龍神の祟《たた》りや言うといた。ほんで、祓ったけど淵と山は立ち入り禁止にしたほうがえて」

八尋は「ああ疲れた」とすぐに居間で横になり、寝てしまった。結局、帰りも八尋が運転してきたそうな。

「漣兄、運転してこなかったの？」

「日下部と言い合いになって、そういう雰囲気じゃなかったんだよ」

漣はムスッとしている。

「日下部さんって、漣兄の友達なんだよね？」

「友達じゃない」

「違うの？」

「友達じゃなくなった」

それきり漣は黙り、部屋に引っ込んでしまった。出流はまた高良を狙《ねら》ってくるのだろうか。おそらくそうなのだろう。澪のことも？　――言い合いというのは、そこだろうか、と澪は漣の部屋の戸を眺めた。

翌日の月曜日、登校すると波鳥が欠席だったので、澪は青ざめた。やはり具合が悪いのだろうか。

――お見舞いに行ってみよう。

和邇家に乗り込むことになるが、波鳥の口ぶりからすると、いま澪になにかしら危害が加えられることはないだろう。

学校が終わったあと、澪は波鳥の家に行くことにした。帰りのバスでそのまま向かおうと思ったが、手ぶらで行くのもどうかと思い直して、くれなゐ荘に戻る。

「友達のお見舞い？　ほな、甘いもんがええやろ。若い子なら洋菓子のほうがええやろか。坂の下にあるお店で買《こ》うてきたらええわ。和菓子のお店やけど、洋菓子も売ってるさかい」

と、玉青はおすすめの店を教えてくれた。

「八尋さんに送ってもらい。車やないと不便やろ」

「大丈夫です。麻生田さん、疲れてるでしょうから」

「ほな、漣くんやな」

「漣兄、帰ってるんですか？」

玄関に靴はなかったが、と思っていると、「庭の掃除してくれてるんや」という。まめなところが漣らしい。

しばらくして漣が鍵《かぎ》を手にやってきた。「八尋さんが車使っていいって」

「え、漣兄の運転？」

「いやならひとりで行けよ」

漣の運転する車に乗るのは、はじめてである。性格からいって慎重《しんちょう》な運転をするのだろうなと思ったが、そのとおりだった。漣が落ち着いているので、澪もそうはらはらせずにすんだ。

波鳥の家は、担任の先生から教えてもらって知っている。お菓子を買いに店に寄り、白川通《しらかわどおり》を北へと進む。和邇の別宅だと波鳥が言っていたその家は、修学院のエリアでも北のほう、上高野寄りにあった。

近くの駐車場に車をとめて、和邇家へと向かう。やたらと長い築地塀《ついじべい》がつづいているいると思ったら、それが和邇家の塀だった。

「でけえ屋敷」

漣がつぶやく。いつごろ建てられたものなのだか澪には見当がつかないが、古くて大きな屋敷だった。門も相応に立派だ。インターホンに応答したのは中年男性で、しばらくすると門扉《もんぴ》が開いた。小柄な中年男性が「どうぞ」と澪たちを招き入れる。波鳥にも青海にも似たところがないので、父親ではないだろう、と澪は思う。大きな屋敷だし、使用人だろうか。

敷地内には母屋《おもや》らしい日本家屋と、西洋風の家屋がある。どちらにも家紋らしいおなじ文様《もんよう》の意匠《いしょう》があしらわれており、しゃれていた。母屋の応接間に通されたが、そこは洋風になっていて、板間にテーブルと椅子《いす》が並べられていた。暖炉《だんろ》まである。椅子に腰をおろす前に部屋の扉が開いて、澪はふり返った。入ってきたのは、波鳥だ。急いでやってきたらしい波鳥は息を切らしていたが、澪はその姿を見て驚いた。右手に包帯を巻き、右目には眼帯をしている。

「澪さん、どうし――」

「どうしたの、その怪我！」

昨日は、眠っていただけで、怪我などしていなかったはずだ。それとも、わからなかっただけで、怪我もしていたのだろうか。

「これは、ちょっと、帰ってきてから転んで……たいしたことないです。手当てが大げさなだけで」

波鳥はうつむいて笑う。

「ちょっと転んだって怪我じゃ――」

「澪さんたちは、どうしたんですか？　なにかありましたか」

「……あなたが学校を休んだから、様子を見に来たの」

「えっ」と波鳥はひどく驚いた様子だった。「あ……ありがとうございます。あの、お茶を淹《い》れてきますね。どうぞ、座っていてください」

波鳥はあわただしく部屋を走り出ていく。澪は漣と顔を見合わせた。漣は無言で扉を開け、部屋を出る。左右を見まわしていたかと思うと、玄関のほうへと歩きだした。澪はそのあとをついていった。

玄関では、澪たちを招き入れてくれた中年男性が靴を並べ直しているところだった。

「ちょっとすみません」と漣が声をかける。

「はい？」男性は腰をあげる。「お手洗いですか？　それやったら――」

「いえ、波鳥さんのことなんですけど、ご家族はこちらにいらっしゃいますか？　あいさつしたいと思って」

男性はけげんそうな顔をした。

「いませんよ。あの子の兄はべつのとこにおりますし、両親はように亡《の》うなってますさかい。聞いてはらへんのですか」

漣は澪のほうをふり返る。澪はかぶりをふった。なにも聞いていない。澪は、波鳥のことをほとんどなにも知らない。

「あの子も不憫《ふびん》な子ですよ。美登利さんがきつうあたるさかい。あんたらも、お友達なんやったら、やさしいしたってな」

男性はいくらかくだけた口調で言う。澪たちが波鳥と同年代だからだろう。

「美登利さんって……？」澪が尋ねると、男性はあたりをうかがうように見まわしたあと、声をひそめた。

「ここの家を取り仕切ってはるひとや。奥さまとちゃうで。愛人や。あのひとはなあ、なんでもかんでも文句《もんく》つけて、波鳥をいびるさかい、あの子が気の毒で。わてらがかばうと、よけいひどいことしはるし」

――いびるって……。

澪は波鳥の怪我が頭に浮かんだ。

「じゃあ、あの怪我って、もしかして」

「あれなあ。昨日はひどかった」

男性も多くは語らない。ただ同情の色を顔に浮かべていた。

外で車のエンジン音がする。男性は玄関のほうを見た。

「ああ、帰ってきはった。あんたら、応接間に戻って、顔合わせんほうがええ。波鳥が友達つれてきたて知ったら、またうるさいやろうから」

男性に急《せ》かされ、澪と漣は応接間に追いやられる。波鳥がお茶の用意を持ってやってきたが、それと同時に「波鳥！」と鋭い声が玄関のほうから響いた。波鳥が「ごめんなさい、ちょっと」とあわてて部屋を出てゆく。

澪は扉をすこし開けて、玄関をうかがう。うなだれる波鳥の向こうに、あでやかな着物姿の女性がいた。きれいなひとだが、顔に険《けん》がある。あれが美登利というひとだろう。

「ほんまにあんたは、なにやらせても愚図《ぐず》やな」

ひとを罵《ののし》るときの顔というのはこんなに醜《みにく》いのだろうか、と澪は思った。

「この役立たず」

吐き捨てられた言葉に、澪は体の芯《しん》が冷えた。波鳥の心を形作るものの正体を悟った。彼女の心を縛《しば》りつけるものを。

火傷《やけど》をしたときのように、胸がひりつく。波鳥はずっと、こんな言葉を投げつけられて生きてきたのか。

「……」

澪は黙考《もっこう》する。どうしたらいいのか。

――わたしは波鳥ちゃんに命を救われた。

だから、というわけではない。そんなものはただの名目だ。

――わたしは、波鳥ちゃんと出会ったから。

ただそれだけが、理由だ。

「波鳥、あんたの取り柄《とりえ》はこの顔くらいや」

美登利の手が波鳥の顔をつかむ。ラインストーンに飾られた爪が頬に食い込んでいた。

「青海もな。そのくせ、偉《えら》そうにあの男……ちっとも言うこと聞かへんのやから、腹の立つ。あんたらふたりで、あたしのことを馬鹿にしてるんやろ」

憎々《にくにく》しげに罵り、美登利は波鳥を突き飛ばす。その手がふりあげられるのを見て、澪はもはや我慢できずに部屋を飛びだした。澪を見て、美登利の手がとまる。

「なんや、誰⁉」

「澪さん」

美登利がきっと波鳥をにらんだ。

「あんたの友達？　ひとの留守《るす》中に、まあ、好き勝手して」

毒づいたものの、さすがに澪にまでなにか言うことはなく、苛立った様子で家の奥へと去っていった。澪は彼女の姿がすっかり見えなくなってから、波鳥に向き直る。その手をとって、耳もとでささやいた。

「荷物をまとめて。大事なものだけでいいから。ここを出るよ」

波鳥はきょとんとしている。その白い頰に赤く爪痕《つめあと》が残っているのを見て、澪は唇を嚙《か》んだ。

「早く。さっきのひとに気づかれないうちに」

「み……澪さん、あの」

「ここを出て、うちに来るの」

美登利は保護者でもなんでもない。波鳥がここにいなければならない理由なんて、ひとつもなかった。

「あなたは、わたしの監視者なんでしょ。それなら、わたしの下宿先で一緒に暮らすほうが、ずっといいんじゃないの？　叔父さんは反対しないよ。反対しても、高良がどうにかする。どうにかさせるから——」

澪は波鳥の両手をぎゅっと握りしめた。

「一緒に行こう」

波鳥は青ざめた顔で澪を見つめている。小さく何度も首をふる。

「そんなことしたら、わたし……美登利さんに……」

「あのひとは、あなたがここを出たらなんにもできないよ。あのひとは神さまじゃないんだから」

澪は言い聞かせるが、ずっと美登利に支配されてきた波鳥は、恐怖心が抜けないようだった。

「波鳥ちゃん。わたしは死にたくなくて、長野から京都に出てきた。波鳥ちゃんも外に出よう」

「でも……澪さんたちにも、きっと迷惑が……」

「迷惑なんて、命と健康に比べられるものじゃないよ」

ここにいたら、波鳥の心は死んでしまう。体だって、無事にはすまない。もうすでに、傷を負い過ぎているのに。

「澪」

漣が紙袋を手にやってくる。

「さっきのおじさんに頼んで、教科書と制服だけ持ってきてもらった。とりあえずこれだけあればいいだろ。あとの荷物は俺たちがまた取りに来ればいい」

「漣兄……！」

「行くぞ」

澪はうなずき、波鳥の手を引く。

「波鳥？　どこにいるんや、波鳥！」

美登利の声が奥で響き、波鳥の体がこわばった。

「あんたは、ほんまにもう――」

足音が近づいてくる。漣が無言で玄関の扉を開けて、澪たちをうながす。澪は波鳥に靴を履かせ、強く手を引っ張った。

いま、波鳥に必要なのは、力強く外へと引っ張ってゆく手だと思った。

「なんやの、あんたどこへ……」

美登利の姿が廊下の突き当たりに現れる。澪は波鳥をつれて玄関を出た。漣が扉を閉める。「波鳥、ちょっと待ち、あんたなあ」美登利の声が遠くなった。

「行くよ」

澪は波鳥の手を握り直して、走りだす。

波鳥が澪の手を、ぎゅっと握り返した。

番外編

枯色桜
（かれ）（いろ）（ざくら）

「麻績《おみ》くん、ちょっと頼み聞いてくれへん？」

昼下がりの大学構内で出流《いずる》がにこやかにそう話しかけてきて、漣《れん》は思いきり顔をしかめた。

「……おまえ、どの面《つら》さげてそんなこと言ってんだ」

「なにが？」

木沢《きざわ》村に行ったのが先週のことである。その帰り道、麻績の様子をさぐるために近づいてきた出流を、漣は問い詰めた。出流はのらりくらりとして話にならなかったので、漣は大いに腹を立てていた。いまもだ。

「俺《おれ》、なんか悪いことしたっけ？」

出流はけろりとしている。こういうところが、漣の癇《かん》に障《さわ》るのだ。

「蹴《け》り飛ばすぞ。近づくな」

「友達にそれはないやろ、麻績くん」

「いまさら友達面するな」

「え、俺はいまも友達やと思てるけど」

漣はあきれる。

「面の皮が厚いな」

「なんで？　俺と麻績くんて、べつに利害が対立してるわけとちゃうやろ。なにがきっかけで友達になるかなんて、なんでもええやん」

「なんでもよくはない」

「麻績くんは形にこだわるんやなあ。俺はそんなんどうでもええわ」

「そうか。気が合わないな。それじゃ」

立ち去ろうとする漣を、出流はあわてて引き留める。

「ごめん、ごめんて。見捨てんといて。ほんまに困ってんねん。ほかに頼めるひといてへんし」

「……なんだよ」

ここで立ち止まってしまうから、だめなのだ。そう自覚しながらも、話を聞いてしまうのが漣である。

出流はにっこり笑った。

コーヒーをおごるからと、構内のカフェに入り、出流は話しだした。

「こないだの合コンで知り合《お》うた子の話なんやけどな」

この時点で漣はすでに帰りたくなった。

「私立大学の一回生。烏丸御池《からすまおいけ》のマンションに住んでる。これがええマンションでな、びっくりしたわ。北陸のほうの旧家のお嬢さまらしい」

「……で？」

「まあそう興味なさそうにせんと。最初は、においやったんやと」

漣は窓の外に向けていた視線を、出流のほうに戻した。出流は笑《え》みを浮かべる。

「お香《こう》のええにおいが、部屋に漂《ただよ》ってる。香水と違《ちご》て、白檀《びやくだん》とか沈香《じんこう》とかそういうん。その子のお祖母《ばあ》さんがお香を薫《た》くとかで、その辺はわかるんやって。でもその子はお香なんて持ってへんし、実家から送られてきたわけでもない。第一、どこからにおってくるんか、いまいちわからへん。近所のどっかから、においが洩《も》れてくるんやろか、て思てたらしいんやけど――」

誰かの気配《けはい》を感じるようになった、という。

「背後を横切る、視界の隅《すみ》に映《うつ》る。気のせいやと思てたけど、ある日、帰るんが遅なった夜にドアを開けた瞬間、見てしもたんや」

「なにを」

「着物を着た幽霊《ゆうれい》」

「……」

「お、うさんくさそうな顔するやん。――その子の部屋、入ってすぐに広い玄関があって、廊下があって、ドアの向こうがリビングやねんけど、そのドアの前にな、誰かが立ってた。夜やから、なかは暗くて、玄関から入る外の通路の明かりでほんの一瞬、見えただけ。玄関の照明をつけたら、もう見えんかった。一瞬だけ見えたのも、足もとだけや。女物の着物やった。淡《あわ》い茶色の……あれなんて言うてたかな、色の名前。なんかまあ、とにかく茶色っぽい色の地《じ》に白い桜を散らした柄《がら》の着物なんや。渋《しぶ》い着物やったな」

「ちょっと待て」

漣は片手をあげて話をとめた。

「その口ぶりだと、おまえが見たように聞こえるんだが」

「見たで」出流は当然のようにうなずく。

「帰るんが遅なった、て言うたやろ。合コンの晩や。遅なってしもたから、送ってったんや。そしたら、そんなんやん？　その子、悲鳴あげて泣いてまうし、俺は状況が呑《の》み込めんしで、たいへんやったんやで」

知るか、と思ったが、漣は話のつづきを聞いた。

「そんでよくよく話を聞いたら、さっき言うたお香の話とか出てきてな、ずっと気のせいやと思おうとしてたけど、もう無理、て泣きつかれて。とりあえずなだめて、彼氏に迎えに来てもろて、そっちの家に——そう、彼氏いてるんやわ。なんで合コン来てんねんて話やん。若干《じゃっかん》それで修羅場《しゅらば》になってんで。俺関係ないのにとばっちりやわ。意味わからんやろ？」

「意味がわからないのはこっちだ。それで結局、どういう話なんだよ」

「せやから、幽霊が出るんやって話やん」

「だから？」

「お祓《はら》いしてて頼まれた」

「おまえが？」

「いや、麻績くんができるかも、てなこと言うたらお願いしますて」

「おい」

なんでそうなるんだ、と漣はこめかみを押さえた。

「おまえがやれよ」

「ええ、いやや。そんなんやってしもたら、このさきどんどこそんな頼み事されるやん。便利屋になってまうし変人扱いされるわ。絶対いやや」

「俺はどうなんだよ」

「麻績くんは大丈夫やろ。実家神社やし、気軽に頼めそうな雰囲気ないやん」

「神社関係なくないか？」

「いやいや、バックボーンが神社やと、おかしな感じせえへんやん。ああ、神社関係のひとならお祓いもするよなあ、みたいな」

「『みたいな』じゃねえよ。なに適当なこと言ってんだ」

漣は、いまわかった。出流は漣がかかわってはいけない種類の人間だった。

──八尋《やひろ》さんと似てやがる。

「もう言うてしもたもん。なんとかしたってや。かわいそうやん、泣いて怖《こわ》がってんねんで」

そのうえ、八尋よりたちが悪い。おっとりとした品のいい笑みを浮かべた出流の頭を、漣は張り倒したくなった。

「──わかった。祓うかどうかはともかく、その部屋を見るだけは見る。その代わり、一発殴《なぐ》らせろ」

「え、それでええん？　麻績くん、良心的やなあ」

漣はテーブルの下で、出流の脛《すね》を思いきり蹴りあげた。

待ち合わせた地下鉄の烏丸御池駅に、出流は遅れてやってきた。遅れたくせにのんびり歩いてくる。

「いや、ごめんごめん。電車が遅延して」

「すぐわかる嘘《うそ》をつくな。俺もおなじ地下鉄使って来てんだよ」

いちいち突っ込むのもめんどくさい。どうせ身支度《みじたく》に時間がかかったのだろう。

今日の出流は、オフホワイトのシャツにスモーキーな藤色の細身のパンツを合わせている。品のよさがにじむ端整《たんせい》な顔立ちをしているので、トラッドな格好《かっこう》がよく似合う。漣はグレーのシャツに黒のパンツという出《い》で立《た》ちで、「季節感ゼロやな、麻績くんらしいけど」と評された。

「マンションの前で待ち合わせだろ？　どこだ？」

「烏丸通《どおり》沿いにある。すぐやで」

地上に出て、烏丸通を南に向かって歩く。このあたりはオフィスが多いせいか、飾《かざ》り気《け》のない無機質な雰囲気がある。日曜の午前はひと通りもすくなく、閑散《かんさん》としている。大通りを行《ゆ》き交《か》う車の音だけがうるさい。

大通りに面した大きなビルが、その女子大生の住むマンションだった。広々としたエントランスの前に、二十歳《はたち》前くらいの女性が佇《たたず》んでいる。それが例の女子大生だった。

「満梨華《まりか》ちゃん」と出流が呼びかけ、手をあげる。

彼女は疲れた様子だった。目の下にくまができており、元気がない。それでもダークブラウンの巻き髪はつやつやとして、その髪を撫《な》でつける指の爪《つめ》にはベージュのフレンチネイルが丁寧《ていねい》に塗《ぬ》られている。身にまとうシフォンのブラウスと膝丈《ひざたけ》のフレアスカートは清潔感があり、全体的に手入れの行き届いた印象があった。

「ありがとう、出流くん。それから、ええと――」

女子大生の視線が漣に向く。長いまつげに縁取《ふちど》られた瞳《ひとみ》は、潤《うる》んできらめいている。漣が苦手《にがて》とするタイプの女子である気がした。

「こっちは言うてた麻績くん。神社の息子」

漣が口を開く前に、出流が雑に紹介する。

「あたしは森下《もりした》満梨華。休みの日にごめんね。あれからあたし、怖くて部屋に戻ってなくて、友達の家に泊めてもらってるんだ」

友達ではなく彼氏ではないのか、と思ったが、どうでもいいので漣は黙っていた。三階にある部屋に向かうため、エレベーターに乗り込む。

「森下さん、いくつか質問――」

「満梨華でいいよ」話しかけた漣に、満梨華は愛想《あいそ》よく笑いかける。「麻績くんは下の名前なんていうの？」

「……俺は『麻績』でいいから」

「どうして？　じゃあ、呼ばないから教えてよ」

満梨華はあんなに疲れた様子だったのに、やけに元気になっている。

「初対面の相手に名前を教えないよう言われてるんだ。先祖代々の家訓で」

「ふうん……？　神社のひとってそうなの？」

「よその神社は知らない」

そっか、と満梨華は信じたようだった。

「じゃあ、今度会ったら教えてくれる？」

「会ったらな」

「楽しみにしてるね。じゃ、連絡先教えて」

「連絡は日下部《くさかべ》に頼む」

「俺かい」いきなり丸投げされた出流は苦笑いしている。

「出流くん、来週暇《ひま》？　遊ぼうよ」

「いや、ていうか幽霊はどないすんの」

「今日お祓いしてくれるんでしょ？」

「それは麻績くん次第やな」

エレベーターが三階に着いた。結局、漣が満梨華に訊《き》きたいことは訊けていない。ため息をつく。

「開けるの怖い。開けてくれる？」

満梨華は部屋の前に立ち、鍵《かぎ》をさしだす。漣が目で出流をうながし、出流は鍵を受けとった。

出流は無造作《むぞうさ》に鍵を差し込み、ドアを開ける。満梨華はあわててあとずさり、漣のうしろに隠れた。漣は出流の横からなかをのぞき込む。午前の陽《ひ》が差し、なかは薄明るい。出流が話したような幽霊の姿はなかった。

「な……なにかいる？」

満梨華は漣の背中にくっついている。「いない」と短く答え、漣は玄関に入った。

「あがるぞ」

「えっ、ま、待って！」

漣は躊躇《ちゆうちよ》なくなかへと進み、リビングのドアを開ける。室内はグレーを基調にした、案外落ち着いたインテリアになっている。窓辺には観葉植物が並び、壁にはファブリックパネルが飾られていた。家具はローテーブルにソファ、チェストくらいで、隣が寝室になっているようだ。学生には贅沢《ぜいたく》なマンションである。

漣は壁際《かべぎわ》のチェストに目を向けた。そこに影が凝《こ》っている。黒い陽炎《かげろう》が生き物のように揺らぐ。それは抽斗《ひきだし》のひとつから洩れ出ていた。

「この抽斗の中身は？」

満梨華は玄関に立ち尽くしたまま、なかに入れずにいる。出流もあがってこようとはしない。

「ええと、ハンカチとか……」

「開けてもいいか？」

さすがに女子の抽斗を問答無用で『開けるぞ』とは言いかねて、一応尋《たず》ねた。満梨華は自分で開けに来る気はないらしく、その場でこくこくとうなずいた。

漣は抽斗を開ける。ふわりと香のにおいが漂った。同時に、黒い陽炎が湧《わ》いて出る。眉《まゆ》をひそめて抽斗のなかを検《あらた》めていると、小さな土人形が出てきた。手のひらに収まるほどの、饅頭《まんじゅう》を手にした童子《どうじ》の人形だった。土製なので素朴《そぼく》ではあるが、きれいに彩色が施《ほどこ》されている。

「これは？」

人形をかかげると、満梨華は「子供のころ、お祖母《ばあ》ちゃんにもらったの。御守りになるからって」と言った。

「御守り……」たしかに、そう言うだけあって人形には黒い陽炎がまとわりついていない。

「伏見《ふしみ》人形やん」と言ったのは、出流だった。出流はようやく靴《くつ》を脱《ぬ》いでリビングまでやってくる。

「伏見稲荷《いなり》のまわりで売られてるやつやろ。参詣《さんけい》のみやげものや。あの辺、昔はようけ人形の店があったらしいで」

「お祖母ちゃんは、京都出身だったのよ。それ、お嫁入りのときに持ってきたものだって……あ、そういえばそこの抽斗に、お祖母ちゃんの懐紙《かいし》入れもあるんだった」

「懐紙入れ――ああ、これか」

ハンカチの奥に、縮緬《ちりめん》の懐紙入れを見つけて手にとる。はっとした。黒い陽炎が揺らぎ、まとわりつく。これだ。

懐紙入れは、淡い茶色の縮緬地に、桜の花弁が白く染《そ》め抜いてあった。

「おお、この柄」

出流がつぶやく。「これや、これ。幽霊の着物」

「え？　なに？」

つぶやきの聞こえない満梨華が、けげんそうに問いかける。

「この懐紙入れ、お祖母さんのだと言ったな」

「え、うん、そう。お祖母ちゃん、三年前に亡くなったんだけど。それね、もとはお祖母ちゃんの着物だったのよ。遺品整理してるときに出てきたんだけど、ずっとしまい込んでたらしくて、染《し》みがひどくてもう着られないねって話になって。でも、物がいいから捨てるのは惜《お》しいじゃない？　売ったところで二束三文《にそくさんもん》だし。だったらって、付き合いのある呉服屋さんの和裁士《わさいし》さんに頼んで、染みのないところを選んで、小物《こもの》を作ってもらったのよ」

「小物を、てことは、ほかにもあるのか？」

「あるよ。帯は無理だったんだけど、バッグと懐紙入れがもうひとつ、あと端切《はぎ》れを使ってうさぎのぬいぐるみをひとつ。形見《かたみ》分けみたいな感じで、お母さんや叔母《おば》さんたちが持ってるよ」

「そのひとたちのところには、幽霊は出ないのか？」

「ええ？　そんな話、聞かないよ」

「満梨華ちゃん、この柄」出流が口を挟《はさ》んだ。「こないだ見た幽霊が着てた着物の柄やん？」

「あたし、柄なんて見てないよ。そんな余裕なかったもん。よく見てたね、出流くん」

「あれ、でもナントカ色の……て言わんかった？」

「だから、柄はわかんなくって、色だけちらっと見たんだってば。枯色《かれいろ》の──あ、そっか、その懐紙入れの色だったね、そういえば」

「ああ、枯色。そう言うてたな」

「あたし、色の名前なんてよく知らないんだけどね。でもお祖母ちゃんがそういう色のこと、そう言ってたから、なんか覚えてた」

満梨華はちょっとしんみりとした声を出した。

「もしかして、幽霊ってお祖母ちゃんなのかな？　お気に入りの着物だったから、化《ば》けて出てる、みたいな？　じゃあ、あんまり怖いことないのかな」

「いや……」

漣は懐紙入れを眺《なが》める。──これはそういう、なまやさしい代物《しろもの》ではない。まとわりつく黒い陽炎はじっとりとしていて、懐紙入れがやけに重い。手が湿《しめ》ってくるような気がした。

「いままで、妙なことはなかったんだろ？　実家でも、ほかのひとにも」

うん、と満梨華はうなずく。「この部屋に引っ越してきてから……ううん、違うな。四月に入ってから。入学式があって、講義がはじまって、サークルに入って――あ、そうだ、サークルに入ってからだ」

そういうことが聞きたかったのだ。いつから、どんな、心当たりは、そういう。

「なんのサークル？」

「テニス。あたし、中学からテニスやってるの。下手《へた》だけどね」

「そこでなにかトラブルはあった？」

満梨華は笑い飛ばした。「ないよ。だって、まだはじめたばっかだし。トラブルが起こるほどみんな付き合い深くないよ」

出流が身じろぎした。漣は視線を落とす。足もとに影がある。漣たちの影ではない。うしろに誰かが、立っている。影はじわり、じわりとにじむように広がり、うごめいていた。

そっと視線を動かし、背後をうかがう。白い足袋《たび》を履《は》いた足が見えた。淡い茶色の――枯色の着物の裾《すそ》も。白い桜模様《さくらもよう》が散っている。

――返して。

声がする。どこから響いているのかわからない声だ。壁から聞こえるようでもあり、頭のなかで響くようでもあった。

若い女の声に思える。だが、声は低くかすれ、くぐもっていて、はっきりそうとも言えない。首を絞《し》められてでもいるような、苦しげな声だった。

――返して……。

「……『返して』と言われることに、心当たりはあるか？」

漣が訊くと、満梨華は気分を害したようにきつく眉をよせた。

「なにそれ？　ないよ、そんなの。どういう意味？　あたしがなにか盗《と》ったっていうの？　なんなの？」

満梨華は頰《ほお》を紅潮《こうちょう》させて声を震わせる。

「まあまあ」とゆるい口調でなだめたのは出流だ。「意味は俺らにもわからへんよ。幽霊がそう言うてるだけやから」

ひくっ、と満梨華は口もとを引きつらせ、青くなった。

「ゆ、幽霊って……」

満梨華の視線が、ゆっくりとさがる。漣と出流の背後に立つそれの足もとが見えたのか、満梨華は悲鳴もあげられずに腰を抜かした。

「おっと、大丈夫？」出流が近づこうとすると、「やめて！　動かないで！　こっち来ないで！」と叫《さけ》んだ。

「いや、俺は幽霊とちゃうんですけど」

「うしろのが来ちゃうじゃん！」

満梨華はパニックになっている。出流はつまらなそうな顔でポケットに手を突っ込んだ。

「来《こ》おへんと思うけどなあ……これ、そんなたいそうなもんとちゃうやろ」

これは漣に向けて言っている。

「それはまだわからない」

「麻績くんは慎重《しんちょう》やな」

「そういう指導を受けてる。おまえのとこは違うのか？」

「流派の違いみたいなん、あるんかな。俺んとこはわりと荒っぽいで。あ、俺はそうでもないけど」

「……ああ、たしかに荒っぽかったな……」

木沢村でのことを思い出す。――こいつ、矛《ほこ》をふり回してたな。

「いや、せやから俺は荒っぽないって。麻績くんが慎重に行くんやったら、べつに反対せえへんよ」

漣は息を吐《は》いた。

「慎重に行く」

「了解」

出流は満梨華に向き直り、やわらかな微笑を浮かべた。

「満梨華ちゃん、来週は遊べへんわ、ごめんな」


その晩、漣は八尋の部屋を訪れた。

「めずらしいな、どないしたん」

風呂上がりの八尋は洗い髪にスウェット姿で、煙草《タバコ》を吸っていた。膝の上では白《しろ》狐《ぎつね》が眠っている。職神《しきがみ》の松風《まつかぜ》かと思いきや、「村雨《むらさめ》や」と八尋は白狐の背を撫でた。白狐の耳がぴくぴく動く。

「こないだの木沢村でな、呼びだしたら、どっか行ってしもてん。こいつはそういうとこあるんやわ。そやから扱いにくいんやけど。ようやく今日戻ってきた」

「……戻ってこなかったら、どうするんですか？」

「戻ってはくるで。俺の職神やから。いつ戻ってくるかわからんで、困るんやわ」

答えにならない答えを返して、八尋は笑った。紫煙《しえん》がゆらりと揺れる。八尋は澪や玉青《たまお》の前ではほとんど吸う姿を見せないが、漣の前だとおかまいなしだ。

「禁煙するんじゃなかったんですか？」

「そやったっけ？」

「澪にそう聞きましたけど」

「ほな、明日からするわ」

八尋のこういう、ひとを食ったようなところが漣は苦手なのである。出流は八尋よりたちが悪いと思うが、八尋は出流よりなおとらえどころがない。たちがいいも悪いも、わからない。小学生のころ、はじめて会ったときから、八尋はこうだ。

「ほんで、どないしたん。僕《ぼく》に頼み事でもあるん？」

「どうしてそう思うんですか」

「そうでもなかったら、わざわざ僕んとこに来《こ》やんやろ」

八尋の方言は関西弁のようで関西弁ではなく、漣はときどき意味を汲《く》むのに手間取る。――『来ないだろ』か。

「……わけあって知人からお祓いの依頼を受けてるんですが」

「うわ、いちばん面倒《めんどう》なやつやな、『知人の依頼』て」

漣もそう思う。よほどでなければ避けたい。出流の笑顔が頭に浮かんで、苛《いら》ついた。

「北陸の旧家の出だっていう、女の子なんですけど――」

漣は出流から聞いた話や、今日見たことなどを話した。八尋は相づちを軽く打つだけで、煙草を吸いながら耳を傾けている。

「それは、漣くんが正解やなあ」

話を聞き終えて、八尋はまずそう言った。

「なにがですか？」

「対処のしかた。慎重になるんが当然や。ややこしそうな案件やん。金もらったほうがええで」

「ややこしそう……ですか？」

漣は八尋に肯定してもらえたことに、すこし安堵《あんど》した。

「その子のお祖母さんが京都出身で、おそらく伏見なんかな。お祖母さんの形見の着物で作った懐紙入れが原因で、幽霊が出る。でも京都に来るまではそんなことなかったし、ほかの親類にもそういったことは起きてない。まずここがひっかかる」

同感だった。漣はうなずく。

「ほんで、懐紙入れに取り憑《つ》いとるらしい幽霊は、お祖母さんとはたぶん違う。お祖母さんの着物やったのに？　これもようわからん」

漣は再度うなずく。『返して』という意味も気にかかる。

「あとは、その女子大生な。蠱師《まじないし》の勘やけど、危《あや》うい感じがするな。よう知らんからはっきり言えへんけど、トラブルメーカーくさい。すでに無関係やった君も巻き込まれとるやん」

それに関しても同感で、漣が苦手なタイプだと判じたのもそれが理由だった。したがって、満梨華の周辺に元凶《げんきよう》がある可能性もある。それについては、出流が調べることになっていた。

「呪詛《じゆそ》やと面倒やから、丁寧に調べといたほうがええやろな。お祖母さんの実家がわかるとええんやろうけど」

「伏見の中書島《ちゆうしよじま》のあたりに家があったそうなんですが、いまはもうなくて、そっちの親戚関係とも付き合いはないそうです」

「うーん。ないんか」

「旧姓はわかっているので、とりあえず中書島に行って調べてみようかと思うんですけど」

「僕のほうでも、知り合いに訊いといたろか。調べがつくかどうかは保証せんけど」

八尋は蟲師のかたわら、民俗学で博士課程まで進んだひとなので、旧家だとか大学教員だとかに知り合いも多い。

「お願いします」

「うん」と八尋は軽く応じた。

漣は膝をそろえて、頭をさげた。

「相談にのってもらって、ありがとうございました」

「はは、堅いな。これぐらい、気にせんでええよ」

「いえ、馴《な》れ馴れしくしたくないので」

八尋は、煙を吐いてふっと笑った。

「それ、僕に『馴れ馴れしくすんな』て言うとるんとおなじやん」

漣は無言のまま、部屋を出た。

——だから、そういうことをいちいち口にするから、苦手なのだ。

翌週の日曜日、漣は出流とともに午前から伏見に向かう予定だった。着替えを終えて洗面所に向かうと、波鳥《なとり》と出くわした。波鳥はびくりとして、「お……おはようございます」とあいさつだけすると、逃げるように去っていった。反応が、保護された野良犬《のらいぬ》のようだといつも思う。びくびくして、『ここにいていいのだろうか』という顔をしている。

波鳥をくれなゐ荘につれてきた翌日、青海《あおみ》がやってきて、丁重《ていちょう》なあいさつと礼を述べたうえで下宿の手続きをしていった。波鳥は正式にくれなゐ荘の下宿人となったのである。

顔を洗っていると、澪《みお》が寝ぼけ眼《まなこ》でやってきた。まだパジャマ姿だ。

「おまえなあ、服くらい着替えてこいよ」

「うん……まあ……今日は休みだし……」

ぼんやりと澪は答える。だめだ。半分寝ている。澪は朝が弱い。

寝ぼけた澪は髪もくくらず顔を洗うので、髪のさきがびしょ濡《ぬ》れになっている。漣はそういうのが気になるたちだが、澪はあまり気にしない。およそおしゃれにも興味がなく、清潔感があればいいだろう、ぐらいに考えているようだった。

「今日は友達と出かけるとか言ってなかったか？」

「ああ、うん、そう」タオルで顔をふくと、澪はようやく目が覚《さ》めた様子で言った。「茉奈《まな》ちゃんと、波鳥ちゃんと一緒に、買い物に。春物の服を買いに」

「へえ、おまえが服を買いに行くとか、めずらしいな」

「茉奈ちゃんがね、波鳥ちゃんの服を選びたいって言うから。波鳥ちゃん、もともと私服がほとんどなかったみたいで」

波鳥の荷物は青海が持ってきてくれたのだが、すくなかった。私物らしい私物がなかったのだ。

「あの怖いおばさんのせいだろうね。お金は青海さんが管理してて、ちゃんとあるみたいなんだけど。だから、じゃあ買おうよってことになって……」

「へえ。その茉奈ちゃんとやらがいてよかったな。おまえじゃ、そこまで気が回らなかっただろ」

「そうだね」反発するかと思ったが、澪は素直にうなずいた。「茉奈ちゃんは、そういう気遣《きづか》いをしてくれる子なんだよね。わたしが転校してきたときもそうだったし」

いい子なんだよ、としきりにうなずいている。

「あ、茉奈ちゃんは漣兄《にい》も一回会ってるよ。会ってるっていうか、ほら、前にここに遊びに来てたでしょ」

「ああ……」うっすらと覚えがあった。澪の部屋にいた子だ。顔まではははっきりと覚えていないが。

「今度遊びに来たら、ちゃんとあいさつしてよね」

偉《えら》そうにそう言って、澪は洗面所を出ていった。澪は人見知りだし、けっして人付き合いがうまいほうではない。転校してやっていけるのかと思っていたが、案外楽しそうにやっている。漣は安堵する一方で、ほんのすこしさびしさも覚えた。

――子供のころは、俺が手を引いてやらないといけなかったやつが……。

なんだか急に自分が歳《とし》をとったような気分になって、漣は鏡に映る姿を眺めた。


出町柳《でまちやなぎ》駅で出流と待ち合わせだったが、どうせ遅れてくるだろうと思い、漣はその辺を散歩するつもりだった。が、予想に反して出流はさきに着いていた。

「前は遅刻したから、早めに出て来てん。俺は反省を活《い》かせる男やで」

「そもそも最初の時点で遅刻するな」

京阪《けいはん》電車に乗り、丹波橋《たんばばし》駅に向かう。満梨華の祖母の実家がある中書島は丹波橋のさらにさきだが、今日行きたいのはそちらではない。八尋の伝手《つて》で、伏見の旧家のひとに話を聞けることになったのである。そのひとが満梨華の祖母を、おそらく知っているという。

「持つべきものは人脈のある先輩やなあ」

午前の車内はそう混雑していない。丹波橋駅まで、さして時間はかからないので、ふたりとも扉近くで立っていた。

「蠱師に人脈は大事やで。八尋さんて優秀なんやな」

「……頭はいいと思う」

好きにはなれないが。しかしそれはそれとして、あとでお礼をしなくてはならないだろう。菓子折でも買っていくか、などと思いつつ、漣は車窓を見やった。特急電車なので、景色は悠長《ゆうちょう》に眺める間もなく流れてゆく。

「満梨華ちゃんのほうやけどなあ」

出流も車窓に顔を向けつつ、どこか愉快そうにほほえんだ。

「あれは、サークラやな」

「桜？」

「めっちゃ予想どおりの反応するやん、麻績くん。サークルクラッシャー。まあ、恋愛沙汰《ざた》で人間関係ゴタゴタさせる子っちゅうか、そんなん」

「へえ……？」

漣にはどういうものだか、想像できない。「三角関係みたいな……？」

「うん、まあ、それのもっとえぐい感じやろか。入学してひと月足らずで、すでに男関係がごちゃついてるわ。サークルでも学部内でも。ある意味すごいな」

「へえ」

「もうちょい関心示してや。これ聞き込んでくるん、たいへんやったんやで。男に泣きつかれるわ、女子には恨み言《うらごと》聞かされるわ、俺も満梨華ちゃんの男のひとりやと思われて殴りかかられるわ」

「……じゃあ、そっち方面で呪詛の可能性もあるか？」

「あるやろ。大学入ってからはじまったことでもないやろし、地元でかけられた呪詛かもしれへん」

「そこまでいくと、ボランティアじゃできかねるぞ」

「え、俺ふつうに満梨華ちゃんからギャラもらうつもりやけど」

「聞いてない」

「言うん忘れてたわ」

黙っているつもりだったのではないか、と疑う。

「ギャラは半分こな。交渉は俺がするわ」

　いいように出流にのせられている気がする。ため息をついたところで、電車は丹波橋駅のホームに入っていった。


　伏見のあたりは、平安京の時代から京都の南の玄関口だ。

　東には醍醐《だいご》山地があり、中央には東山《ひがしやま》・桃山丘陵《きゅうりょう》が延びている。いずれの山地も西の麓《ふもと》に扇状地《せんじょうち》が広がっていて、古くからの集落はだいたいここに作られてきた。水陸ともに交通の要衝《ようしょう》で、天皇の陵《みささぎ》が造られ、豊臣秀吉《とよとみひでよし》は城を築いた。その伏見城は、大坂の陣のあとはさほど重要な城でもなくなったために、徳川家光《いえみつ》の将軍宣下《せんげ》後、廃城となった。いま見える伏見城は復元されたものである。廃城となったあと、しばらく城址《じょうし》一帯は荒廃していたそうだ。十七世紀後半、そこに桃が植樹されてから、花の時季になると花見の客が遠方からも押し寄せるようになったという。

　伏見区南部の宇治川《うじがわ》沿いは低湿地が多く、かつては池沼《ちしょう》が連《つら》なっていたが、いまはほとんどが埋《う》め立てられている。中書島は宇治川の北岸に位置して、川にぐるりと囲まれた場所だ。反対に漣たちが向かおうとしている桃山あたりは丘だから土地が高い。高低差の大きい地区である。

城のほうに向かって坂道を歩きながら、漣はつらつらとそんな話をした。八尋からのレクチャーによるものだ。

「川があるし街道もあるし、交通の便からして栄《さか》えたところなんやろなっていうのはわかるわ」

出流は城を見あげながら言った。

「いまから行くとこ、誰さんやったっけ」

「柴田《しばた》さん。江戸時代から伏見で八百屋《やおや》をやってたって。薩摩《さつま》藩伏見屋敷の八百物用達《ようたし》だったんだと」

「ふうん。でもここらと中書島やと、ちょっと離れてへん？　近いっちゃ近いけど、城下町の中心部と、伏見の外《はず》れやろ。ご近所ていうわけでもないのに、満梨華ちゃんのお祖母ちゃんと、どういう知り合いなんやろ」

「それをいまから訊くんだよ」

柴田家は小高い丘陵地の途中にある、ぐるりと高い塀《へい》に囲まれた家だった。周辺にも敷地の広い屋敷が並んでいる。迎えてくれたのは、のんびりとした雰囲気の初老の男性だった。六十代後半くらいだろうか。うしろに撫でつけた髪は半白《はんぱく》だが豊かで、顔立ちも物腰《ものごし》もやわらかく、鷹揚《おうよう》だった。

「ご用件は、麻生田《おうだ》さんから聞いてます。中書島の郷土史を調べてはるとか」

そういうことにしたらしい。漣はただ「よろしくお願いします」と頭をさげた。

「伏見は東海道の宿場やったさかい、花街《はなまち》としても華《はな》やかでな。当時は遊郭《ゆうかく》があったんや。撞木町《しゅもくちょう》に稲荷中之町《いなりなかのちょう》、深草墨染《ふかくさすみぞめ》、それから中書島。江戸時代の中期から後期にかけて、撞木町の廓《くるわ》には傾城《けいせい》が百人もおったそうや。中書島には三十軒を超える茶屋があって、茶立女《ちゃたておんな》が七十人。ほかのとこも合わせたら、そうとうな数になるやろ。にぎやかやったやろな。そやけど戦後に遊郭は廃止されたから、花街としては寂《さび》れてな。数軒残ってた茶屋も、のうなってだいぶたつわ。その茶屋で芸妓《げいぎ》やってはったのが、大橋幸恵《おおはしゆきえ》さんてひとで……」

出てきた。大橋幸恵というのが、満梨華の祖母だ。

「麻生田さんから聞いたけど、幸恵さんを知ってはるんやて？　それで中書島にいたころの話を聞きたいて」

「そうです」八尋がどう説明したのかわからないが、漣は素知《そし》らぬ顔でうなずいておいた。

「幸恵さん、茶屋が廃業してからは、しばらく喫茶店でウエイトレスしてはった。

いや、僕が親しかったんと違《ちご》て、父がな、芸妓のころから贔屓《ひいき》にして、気にかけてたひとやったさかい。喫茶店の仕事を紹介したんも父で」

艶《つや》っぽい仲やったわけやないで、と柴田氏は妙に気恥ずかしそうに笑った。

「歳は僕より十くらい上やったかな。でも僕から見てもきれいなひとやった。写真あるけど、出してこよか」

言ったかと思うと、歳に似合わず身軽に席を立った。しばらくして戻ってくると、手に数枚の写真を持っていた。

「幸恵さんは、このひとや。芸妓やったころのが、こっち」

細面《ほそおもて》で目もとのぱっちりとした女性の写真だった。可憐《かれん》な印象だ。洋服を着て喫茶店らしい店の前で写っているものが一枚、着物姿のものが二枚、うち一枚が黒紋付きの芸妓姿だった。

「この着物……」

芸妓姿のほうでない写真を漣は手にとる。ふたりの女性が写っていた。左側の女性が、桜柄の着物を着ている。白黒写真で色はわからないが、柄行《がらゆき》に見覚えがあった。あの懐紙入れの着物だった。

「こちらの女性は、どなたですか?」

その着物を着ているのは、幸恵ではなかった。幸恵はその隣《となり》で、扇柄《おうぎがら》の小紋《こもん》に身を包んでいる。

「ああ、このひとも芸妓やった。幸恵さんの芸妓仲間。名前はなんちゅうたかな、裏に書いてへんか」

漣は写真を裏返す。『幸恵ちゃん』という名前の隣に、『エツ子ちゃん』と書いてあった。

「そうそう、エツ子さん。苗字《みようじ》は忘れてしもたな。みんな、エッちゃんて呼んでたと思うわ」

「華のあるひとですね」と言ったのは、出流だった。そのとおり、目鼻が大きく、華やかな顔立ちをしていた。

「派手顔の美人やろ。幸恵さんはおとなしめの、古風な美人顔やったさかい、対照的やったな。性格も見た目のまんまでなあ」

「というと、幸恵さんはおとなしくて、エツ子さんは派手やったんですか」

「派手ちゅうか……我の強い、わがままなとこのあるひとやったな。まあ、客商売やさかい、わがままも愛嬌《あいきよう》のある範囲のわがままやったけど。ものをねだるとか、ご飯おごってもらうとか。そういうんがかわいいていうひと、いてるさかい」

「ははあ。あざとい感じですかね」

「いやいや、もっとあけっぴろげやな。からっとしてたわ。でもまあ、芸妓仲間とは折り合いが悪かったみたいやな。ひとの贔屓客を奪ってしもたりとか、貸したもん返さんとかで、よう揉《も》め事起こさはって。幸恵さんともなんか揉めたんと違《ちご》たかな……、そや、その着物や」

と、写真を指さす。

「この着物、幸恵さんのやったはずや。それをエツ子さんがなんかの用事で借りて、そのあと返してくれへんて幸恵さん、困ってはった。この写真のときに借りたんやったかな、なんかの行事か、祭りでもあったかな。お母さんの形見の着物とかで、貸すのも渋ってたんをエツ子さん、強引《ごういん》に借りてしもて。幸恵さんは、イヤと言えへんちゅうか、気弱なひとやったさかい」

「……それで、結局、着物は返してもらえたんですか?」

漣の脳裏《のうり》には、幽霊の言った『返して』という声が響いていた。

「どうやったかな。エツ子さんは、いっぺん自分が手にしたら、それは自分のもん、みたいなとこあったさかいにな。他人の贔屓客でもなんでも」

うわあ……、と出流が苦笑いを浮かべていた。

「悪気がないとこが、僕なんかはかえって怖かったなあ。けろっとしててな。揉めてもそのあと一週間もしたら、平気で話しかけてて、後を引かんていうよりかは……」

言葉をさがして言いよどむ柴田に、

「ひとを傷つけたことに自覚がない？」

と漣は言った。

「ああ、そやな、それや。そういうひとやった。ひとの気持ちに鈍感《どんかん》というか、想像が働かへんていうか。明るくて、悪いひとやなかったけどな」

——そういうひとは、自分で気づかぬうちに恨みを買う。

漣はエツ子の周囲に渦《うず》巻《ま》いていたであろうものを、思い描いた。

「そのひとは、どうしはったんですか？　茶屋が廃業になったあと」

出流が問う。

「それが、スタンドバーで働いてたんやけどな、肺炎で亡《の》うなってしもた。風邪《かぜ》をこじらせたんや。風邪でも甘くみてると怖いもんやで」

若かったのになあ、とため息をつく。それから思い出したように、あ、と顔をあげた。

「そや、着物。そのとき出てきたんや」

「え？」

「エツ子さんが亡うなって、遺品を処分せなあかんからて、簞笥《たんす》を整理してたらその着物が出てきて、幸恵さん、返してもろたんや。そやった、そやった。当人が死んで返ってくるて、幸恵さんも複雑やったやろうけど。幸恵さん、結婚で伏見を出て行くとこやったさかい、その前に返ってきてよかったやろ」

「結婚──北陸のほうのひととの？」

「そうそう。北陸の旧家のお坊ちゃん。幸恵さんの勤めてた喫茶店の近くで下宿してはってな、それで幸恵さんを見初《みそ》めたそうや。玉の輿《たまこし》やなて言うて、みんなでお祝いしたわ」

「エツ子さんも？」

「うん？　ああ、エツ子さんは……どうやったかな。お祝いは喫茶店でしたんやけど、来てたやろか。覚えがないわ」

そうですか、と言い、漣は写真を見つめた。写真のエツ子は満面の笑みを浮かべているが、幸恵の笑顔はぎこちない。そこにどんな感情があるのか、写真からはうかがえなかった。

幸恵とエツ子の話はそれで終わり、そこから中書島の歴史を聞く流れになってしまった。そういう理由で訪れているため、もういいとも言えず、聞き終えるころには昼になっていた。昼食を食べていったら、とすすめられるのを断り、漣と出流は柴田家をあとにした。

「いま中書島に遊廓の面影《おもかげ》はあらへんけど、いっぺん行ってみたらどうや」

と柴田に言われて、せっかくだからと、伏見桃山駅の前でうどんを食べたあと、中書島のほうに足を伸ばした。

商店街を川に向かって進む。伏見といえば酒という印象どおり、酒造メーカーの施設やら、酒蔵《さかぐら》やらが建ち並んでいる。漣も出流も未成年なので、試飲《しいん》してみることもできないが。

駅の近くに和菓子の老舗《しにせ》があったので、そこでみやげを買っていこう、などと思いつつ濠川《ほりかわ》を渡ると、そのあたりが中書島だった。東柳町《ひがしやなぎちょう》、西柳町界隈《かいわい》がいわゆる中書島にあたる一帯らしい。

ぐるりと川に囲まれた地域で、歩いていると居酒屋《いざかや》がよく目につく。したがって昼間は開いてない。住宅地でもあり、閑散としていた。古い店も多く、道が細いのもあり、昔懐《なつ》かしい雰囲気が漂っている。

「結局、あの幽霊って、どっちなん？　幸恵さんなんか、エツ子さんなんか。俺、幽霊の顔まではよく見てへん」

「俺も顔は見てない」

「もっぺん、満梨華ちゃんの部屋行ったらわかるやろうけど。満梨華ちゃん絡《がら》みの呪詛やのうて、どっちかの幽霊が憑いてるてことでええんやろな」

「そうだろ」

「そんなら、どっちかてのはあんまり関係ないな。ややこしい話やない。あの幽霊を祓えばええだけや」

「ああ」

そのとおりだ。呪詛が絡むと途端《とたん》に面倒になるが、幽霊が取り憑いているだけなら、さほど難しい話ではない。よほど執念深《しゅうねんぶか》い怨霊《おんりょう》でもないかぎりは。

「着物はなあ、妄執《もうしゅう》が残りやすいから、好きやないわ」

ふう、と息を吐いて出流が言う。これまでにも着物絡みの件にかかわったことがあるのかもしれない。

「ほな、どうする？　この足で満梨華ちゃんとこ行く？　それとも出直す？」

「出直すのも面倒だ。このまま——」

　ふと、漣は足をとめた。ふわりと、甘く澄んだお香のにおいがしたからだ。嗅《か》ぎ覚えのあるにおいだった。あたりを見まわすと、細い路地の突き当たりを、着物姿の女性が横切った。あの着物を着ていた。枯色の地に、桜が散った着物だ。

「……挑発してるな」

「え？」

　漣はすこし考えを巡《めぐ》らし、「朧《おぼろ》」と、職神のひとつを呼びだした。狼《おおかみ》だ。

「追え」

　路地を指さし、漣は短く告げる。朧は残り香《が》を嗅ぐように鼻をひくつかせたあと、駆けだした。路地をひと息に駆け抜けてゆく。漣はそのあとを追った。出流もそれにつづく。

　古ぼけたスナックがつづく一角だった。ひと気がまったくない。漣たちの足音だけが響いている。朧を追って突き当たりを左に折れると、さらにそのさきの角《かど》を曲がる朧の姿が見えた。

「ご飯食べたあとに走るのしんどない？」

　出流が訴《うった》えるが、漣は無視して走った。細い路地の角を曲がる。古い家並みの奥は袋小路《ふくろこうじ》になっていて、薄暗い。影に沈むその行き止まりに、枯色の着物を着た女が立っていた。腰から上が影になって、見えない。白足袋と、桜の白い花弁だけが、くっきりと浮きあがって見えた。

手前に朧がいる。頭を低くして、いつでも飛びかかれる態勢になっている。漣はゆっくりと歩みよった。着物の女の姿が、次第に露わになる。

足をとめる。女の上半身は見えるようになっていたが、その顔は、ゆがんで、削《けず》れて、目も鼻も、すべての形が判然としない。誰の顔ともつかぬ顔で、女は言った。

「返して」

割れて響く。人間の声ではない。だが、女の声だった。そう感じた。

「返して……」

女が両手を前に伸ばす。指が空をつかんで、爪を立てる。指はばらばらに動いていた。虫の脚《あし》のように見える。

――ああ、そうか。

「ひとりじゃないんだな」

漣はつぶやいた。

「集合体だ」

「ああ、なるほど」

隣に立つ出流が納得《なっとく》する。「そういうことか」

目の前のこれは、エツ子の死霊《しりょう》でもあり、幸恵の執念でもあり、ほかの女たちの恨みでもある。

「満梨華ちゃん絡みのやつも混じってるんか」

「集まってしまったんだ。あの懐紙入れを媒体《ばいたい》にして」

幸恵は、着物を返してほしかった。エツ子は、一度手に入れた着物を手放したくなかった。死んだあとも。

満梨華は満梨華で、本人も気づかぬうちに、いろんな恨みをその身に集めている。

「幸恵さんは、取り戻した着物にエツ子さんの執念をうすうす感じとってたんじゃないか。だから御守りに伏見人形を持ってた」

「そら、執念詰まってるやろな。自分は死んで、相手は玉の輿やし。そんな着物、ほんまやったら幸恵さんも返してもらいたくもなかったやろうけど」

着物は母の形見だった。いらないと思い切るわけにはいかなかっただろう。

「京都に来てから、あれが現れるようになったんは……」

「きっかけがあったんだろう。森下さん、伏見に来たんじゃないか？　サークルの集まりか観光か知らないが。そこでエツ子さんの死霊を拾ったとか」

「それは訊いてみなわからんけど、いま訊いてる暇はないな」

女の足が、ずり、と前に動く。すり足でこちらに向かってくる。

「集まってくれてるぶんには、むしろ助かるけど……攻撃したら散ってまうやろか」

「たぶん。——颪《おろし》」

漣はもう一匹、狼の職神を呼ぶ。足もとに、音もなく狼が現れた。

「散ったぶんは、おまえが片づけろ」

「それ俺のほうがめんどいやつやん」

出流の文句を無視して、漣は職神たちに「行け」と命じた。

二匹の狼が女に飛びかかる。颪は喉笛《のどぶえ》を噛《か》み砕《くだ》き、朧は腿《もも》を食いちぎる。黒い陽炎が噴《ふ》きあがり、散った。女の咆哮《ほうこう》がこだまする。四散《しさん》した黒い陽炎を、白い風が貫《つらぬ》く。白鷺《しらさぎ》だった。五、六羽の白鷺が舞うように飛び、陽炎を打ち砕いてゆく。視界は白い羽に覆われ、まぶしいほどだ。漣は目を細めた。

漣が狼を、出流が白鷺を下がらせたときには、もうなにも残っていなかった。陽炎のひとかけらもない。

「ふたりやと分担できて、楽やな」

出流が笑った。「コンビ組む？」

漣はそれには答えず、「森下さんに連絡してくれ」とだけ言った。

だが、出流が電話をかける前に、満梨華のほうからかかってきた。

「なんか、懐紙入れがびりびりに破けちゃったんだけど！」

聞けば、満梨華は懐紙入れを持ちだしていないにもかかわらず、いつのまにかバッグに懐紙入れが入っていて、何度抽斗に戻してもそうなっていたのだという。それがついさっき、静電気が走ったような音がして、バッグのなかを見てみたら、懐紙入れが破れてぼろぼろになっていた。

「いま連絡しよと思てたんやけどな、それに憑いてたやつ、もう大丈夫やから」

「どういうこと？　除霊できたってこと？」

「まあそういうことやな。――満梨華ちゃんて、伏見に来たことある？　中書島とか」

「え？　あー、行ったよ。伏見稲荷と、酒蔵。サークルの先輩と。そのあと中書島でご飯食べて」

「なるほど」

それが引き金だろう。

「ねえ、これ、困るんだけど。懐紙入れ、お祖母ちゃんの形見なのに」

「困るて言われてもなあ……しゃあないし」

「なにそれ。こんなことになるなら、頼まなかったのに！　もう！」

ブツッと通話は切れた。出流は黒くなった画面を見つめる。

「……ギャラを交渉するんじゃなかったか？」

漣が言うと、

「まだあの子とかかわりたい？」

と、出流は携帯電話を指さした。

漣は、黙って首をふった。

「コンビ組むかって話だけどな」

みやげを買うために伏見桃山駅のほうへと戻りながら、漣は言った。

「それ以前に、俺とおまえの利害は一致してないから」

「え？　麻績くんも千年蠱《せんねんこ》を倒したいんと違うん」

「俺と澪は千年蠱を祓いたいんだ。呪詛を解きたい。おまえたちは、いまの千年蠱を、つまり凪高良《なぎたから》を倒せたらいいだけなんだろう。根本的に違う」

「へえ……そうなんか」

出流はわかっているのか、いないのか、読めない顔でただ隣を歩いている。

「だいたいおまえ、澪が邪魔《じゃま》になったら澪のことも消すつもりだろう。澪から聞いてるぞ。それでよく俺の友達だのコンビだのと言えるな。どういう神経してんだ」

「はは」

笑う出流に、漣は顔をしかめる。肝心な話になると出流はいつもまともに答えない。いらいらした。

「どういう神経て言われてもなあ。俺が麻績くんの友達でいることと、自分の職務を全《まっと》うすることは矛盾《むじゅん》せんと思うんやけど。それとこれはべつやない？」

「……べつじゃないだろ……」

「そう？　ふうん。そしたらまあ、麻績くんの友達ていうのを優先するわ。約束する」

ほほえむ出流を、漣はうさんくさい思いで見やる。なにを考えているのかわからない。

「べつに俺、使命感に燃えてるわけともちゃうし。まあ、ほどほどにな、一族の役目はこなさんとあかんわけや。めんどいねんで、こういうの」

「……」

「約束は守る」

出流は足をとめ、漣の目を見て言った。

「……コンビは組まねえぞ」

「はいはい。またなんかあったら頼むわ」

「頼まれない」

出流は笑い、また歩きだした。漣はため息をついて、そのあとにつづいた。

叡山《えいざん》電鉄の一乗寺《いちじょうじ》駅で出流とわかれて、漣は電車を降りる。出流は松ヶ崎《まつがさき》の東端に下宿しているので、ひとつ先の修学院《しゅうがくいん》駅で降りると近いのだそうだ。

くれなゐ荘に向かって坂道を歩いていると、前方に見慣れた姿を見つけた。澪と、波鳥だ。澪は黒のブラウスにジーンズ姿で、波鳥はワンピースを着ている。波鳥は朝に見たのとはべつの服装だった。澪が漣に気づいて足をとめ、手をふる。漣は歩みを速めた。

「いま帰りか」

「うん。買い物してきた。波鳥ちゃんは買った服に着替えて」

「ああ、どうりで……」

「かわいいでしょ。波鳥ちゃん、こういうのよく似合うよね」

白地のジョーゼットに、花と鳥の細かな柄が入ったワンピースだった。襟元《えりもと》はひらひらとしたフリルで、袖《そで》はふくらんでいる。

漣はうなずいた。「よく似合ってる」

褒《ほ》められ慣れていないのか、ふたりの言葉に波鳥は真っ赤になっていた。

「おまえもなんか買ったのか？」

「波鳥ちゃんの服を選ぶのに夢中で、買ってない」

そんなことだろうと思っていた。

「漣兄のそれは？　お菓子？」

澪は漣の提《さ》げた紙袋に目を向ける。

「酒《さか》まんじゅう。食べるだろ」

「もちろん」澪は力強くうなずく。

——こういうところは、昔と変わらないよな……。

「漣兄、これ持って。波鳥ちゃんの服。服ってけっこう重いんだよね。疲れた」

澪は自分と波鳥が持っていた紙袋を漣に押しつける。代わりに漣の持っていた酒まんじゅうの紙袋を手にした。

「おまえな……」

澪は波鳥の手をとり坂道を軽快に歩いてゆく。両手に紙袋を提げ、漣はそのあとを追った。桜の時季はとうに去り、新緑が目にまぶしい。息を吸い込むと、鮮《あざ》やかな生命のにおいがした。

本書は、書き下ろし作品です。

著者紹介
白川紺子（しらかわ　こうこ）
1982年、三重県生まれ。同志社大学文学部卒業。雑誌「Cobalt」短編小説新人賞に入選の後、2012年度ロマン大賞を受賞。
著書に、「後宮の烏」「京都くれなゐ荘奇譚」「下鴨アンティーク」「契約結婚はじめました。」シリーズのほか、『三日月邸花図鑑』『九重家献立暦』などがある。

ＰＨＰ文芸文庫　京都くれなゐ荘奇譚(二)
春に呪えば恋は逝く

2022年７月20日　第１版第１刷

著　者　白川紺子
発行者　永田貴之
発行所　株式会社ＰＨＰ研究所
東京本部　〒135-8137 江東区豊洲5-6-52
第三制作部　☎03-3520-9620(編集)
普及部　☎03-3520-9630(販売)
京都本部　〒601-8411 京都市南区西九条北ノ内町11
PHP INTERFACE　https://www.php.co.jp/
組　版　朝日メディアインターナショナル株式会社
印刷所　株式会社光邦
製本所　株式会社大進堂

ISBN978-4-569-90227-2

PHP文芸文庫

京都くれなゐ荘奇譚

呪われよと恋は言う

白川紺子 著

女子高生・澪は旅先の京都で邪霊に襲われる。泊まった宿くれなゐ荘近くでも異変が……。「後宮の烏」シリーズの著者による呪術ミステリー第一弾。